W I N G S • N O V E L

伯爵令嬢ですがゾンビになったので婚約破棄されました

渡海奈穂
Naho WATARUMI

新書館ウィングス文庫

S H I N S H O K A N

伯爵令嬢ですがゾンビになったので婚約破棄されました

目次

イラストレーション◆夏乃あゆみ

伯爵令嬢ですがゾンビになったので
婚約破棄されました

hakushakureijo desuga

zombie ninattanode

konyakuhaki saremashita

1

伯爵令嬢、エディス・ハントが死んだのは、あまりに陰鬱《いんうつ》な霧雨の降り止《や》まぬ春の夕暮れのことだった。

森番の男の連れた犬が彼女の屍体《したい》を発見したのは、さして深いとは言えない森の入り口付近。

死因は明かされぬまま葬儀が執《と》り行われ、亡骸《なきがら》はこの国の慣例どおり土葬《どそう》された。

彼女の両親や兄弟をはじめ親族たちはあまりに早すぎる少女の死に泣き崩れ、社交界の華だった彼女を偲《しの》んで大勢の弔問客《ちょうもんきゃく》が訪れた。

そうしてエディス・ハントはたしかに、肉体的にも、社会的にも、完膚《かんぷ》なきまでに死亡したのだ。

◇◇◇

「カリン、お茶をちょうだい」

浮かない顔でソファに凭《もた》れた少女は、薔薇色《ばらいろ》の唇を億劫《おっくう》そうに動かし、侍女に告げた。

侍女が、さして驚いたような表情でもなく、ただかすかに目を見開いて、掃除の手を止め主人に視線を向ける。

「――まさか、喉が渇いたとおっしゃるんですか？」

「そうよ。いけない？　気分的にはそうなのよ。だったら飲んでもいいと思わなくて？　私は飲むわ。誰に止められたって、絶対に、断固として、淹《い》れ立ての熱い紅茶を飲むの」

「特に、止めはいたしませんが。ではすぐに、支度いたしますね」

勢い込む主人に反して愛想のない口調で言い置くと、侍女が広間を出ていく。

その後ろ姿を見送りながら、少女は形のいい眉をひそめた。

「まったく、主人にあんな口の利き方をするなんて、どういう侍女なのよ」

腰まで届こうかという、流れるような銀色の細く豊かな髪。同じ色の烟《けぶ》るような睫《まつげ》の下に、紫石英《アメジスト》にも見える澄んだ瞳。しなやかでほっそりとした肢体《したい》は女性と呼ぶにはいささか凹凸が寂しかったが、まるで人形のように均整が取れて、爪の先まで愛らしい。

その奇蹟のように美しい体を持て余し、エディスは深くソファに寄り掛かった。

「……まあこの私に宛《あて》がわれる侍女になんて、問題ないわけがないわよね」

カリンはエディスとそう変わらない、やっと二十歳になるかならないかの年齢だ。

ハント伯爵家の屋敷で暮らしていた頃、エディスの部屋付きの侍女は家庭教師も兼ねた、母親ほどの年齢の女性だった。もちろん出身の家柄もよく、教養もあり、自分の娘と変わらない歳のエディスに、少なくとも給料分の敬意を払ってくれていた。

カリンがこの家——郊外の小さな、たった五室しかない建物——に来る前、エディスはハント家で彼女の姿を見た覚えがない。ということはランドリーメイドかスカラリーメイドかデイリーメイドといった、決して主家の人間の前に姿を見せることのない下《した》っ端《ぱ》の使用人だったはずだ。

それが、侍女。まあ何しろ彼女以外の使用人がいないので、結局メイドと名の付く役割はすべてを請け負い、何なら料理人や執事の立場まで兼ねているのだが。

きっと、よっぽど、ハント家からすさまじい量の給金を与えられているのだろう。

「お茶をお持ちいたしました」

しばらくして、カリンが広間に戻ってくる。エディスはお気に入りのティーカップからふんわりと湯気が立ちのぼる様子を見て、少しだけ穏やかな心地になった。

本来であれば、濃いめのアッサムティーにミルクと蜂蜜《はちみつ》をたっぷり、時々はシナモンやすりおろした生姜《しょうが》を加えるのも好きだったが——。

「万が一にもと思って、スコーンとクリームも用意しておきましたけど、いかがいたしますか?」

紅茶には何も入れないままカップとソーサーを手に取りつつ、エディスはカリンを軽く睨んだ。

「『万が一にも』って、どういう言い種《ぐさ》よ。いいわ、私は欲しくないから、あなたが食べて」

「紅茶だけならともかく、焼き菓子やクリームは、傷《いた》んでしまいそうですものね」

「っ」

エディスはガシャッと、ソーサーにカップをぶつけてしまった。

淹れ立ての紅茶が勢いよく零《こぼ》れて、エディスの細く白い指にかかるが、熱くはない。

熱さなど、もう感じはしないのだ。

「いっ、傷んだりしないわ、私どこも、腐ってないでしょう⁉」

エディスが声を上げた時、玄関のドアがノックされる高い音が聞こえた。

カリンは激昂している主人に表情も変えず一礼を残し、きびきびと部屋を出て行く。

「傷んでないわよね、大丈夫よね……?」

エディスは両方の掌《てのひら》で自分の頰を押さえた。体温は感じられない。顔が冷たいせいなのか、掌に感覚が宿っていないせいなのかすらわからない。

（だって、私、死んでいるんだもの！）

そう、エディスは、死んでいる。

一度死んだ時から、完膚なきまでの屍体のまま、この十日ほどを暮らしているのだ。

ソファに勢いよく突っ伏してしまいたくなったエディスの衝動を留めたのは、廊下から足音が聞こえてきたからだ。広くはない家なので、誰かが訪問してきたことは、カリンの応対や相手の声でわかっている。

そしてこの家を訪《おとな》う人間など限られた人数しかいないものだから、誰がやってきたのか、たしかめるまでもない。

「やあ姉さん。調子はどう」

広間に姿を見せたのは、案の定、弟のナヴィンだった。エディスよりひとつ年下の十五歳、柔らかな金の巻き髪に、エディスよりも暗い紫の瞳。

顔立ちはエディスに似て整っているのだから笑えば愛らしいはずなのに、ナヴィンはひどく無愛想で、口調もぶっきらぼうだった。

エディスの方も、とても弟相手にお愛想笑いをする気分でもなく、ソファに凭れて弟を振り返るでもなく、ただ軽く肩を竦《すく》めるだけだったが。

「特に変わりはないわ。ちょうどお茶にするところだったの、あなたもいかが？」

「――いや、遠慮しておく。用がすんだらすぐに帰るよ」

エディスがようやく振り向くと、ナヴィンは広間のドアを開け放したまま、部屋に一歩入ったところで立ち止まっている。

エディスは少々むっとしたが、まあ、仕方がないかと文句は飲み込む。弟がこの家にやってくる時、いつもこんな態度だ。

「今日は何の用事？」

自分ばかりが愛想よくするのも馬鹿馬鹿しい気がして、エディスが投げ遣りに言ったら、ナヴィンは驚いた顔になった。無理もない。ほんの少し前まで、エディスは家族にも友人にも知人にも、通りすがりの見知らぬ他人にも、メイドや従僕にすら微笑みを向け、優しい声音で話しかける少女だったのだから。

「冬物の衣服や寝具を持ってきたんだ。今、馬車から降ろさせてる」

気を取り直したように、ナヴィンが言う。客が来たというのにカリンが戻ってこないのは、その荷物を二階のエディスの寝室にでも運ばせているかららしい。

「そう、それは、ご苦労様」

溜息混じりのエディスの返事が気に入らなかったらしく、ナヴィンが眉をひそめている。

「何だよ、もっと感謝くらいしたらどうなんだよ。わざわざ僕が運んできてやったのに、何が気に喰わないっていうのさ」

「感謝してるわ、どうもありがとう。まだ春だっていうのに、もう冬の心配までしてくれて」

要するに、冬になっても家には戻ってくるな——という、両親からのメッセージを、ナヴィンが届けてくれたわけだ。

これでにこやかにお礼を言えるはずもないのに、ナヴィンはエディスからもっと感謝されると信じていたようで、ますますおもしろくなさそうな顔になっている。

「すっかり可愛げがなくなったな、姉さん。そんなことだから、スワートの息子に婚約破棄なんてされるんだ」

「なっ」

エディスは再び、お気に入りのティーカップを割りそうな勢いで、ソーサーにぶつけてしまった。

「あなたねっ、姉の心の傷口に塩を塗り込むようなこと、言わないでもらえる⁉」

「まったく姉さんのおかげで、うちはとんだ醜聞《しゅうぶん》のまっただ中だよ。ただ殺されただけじゃなくて、生き返って、こんなとこで平然とお茶飲んでるとか、神経を疑うね」

「私だって、好きで殺されたわけでも、好きで生き返ったわけでもないわよ！」

我慢できず、エディスはカップをテーブルに置くと、ソファから勢いよく立ち上がった。途端、ナヴィンが「ヒッ」と妙な声を上げて後退《あとずさ》る。

「というか、生き返ってはいないから！　死んでるわ、死にっぱなしよ、顔はお化粧で誤魔化《ごまか》しているけど、見てよこの手の白いことったら！　元から磁器《じき》人形みたいな肌だって褒めそやされていたけど、今じゃ本当に人形にでもなったみたいに真っ白だわ、何しろ私の体、血が通《かよ》っていないんだもの！」

「わあああ、来るな、来ないで！」

エディスが詰め寄ろうとすると、ナヴィンはさらに後退ろうとして脚を縺《もつ》れさせ、廊下に尻《しり》餅《もち》をついた。真っ青な顔を姉から背《そむ》け、必死に両腕を前に突き出している。

「僕の姉さんが生ける屍《リビング・デッド》になるなんて！」

悲鳴のように叫ぶ弟の情けない姿を見て、エディスはいっそ抱きついてやろうかと思ったが、本気で怯《おび》えて涙まで滲《にじ》ませている様子がちょっと気の毒なので、辛《かろ》うじて踏み止《とど》まった。

◇◇◇

雨の日に死んだエディス・ハントは、しかし、そう、蘇《よみがえ》ったのだ。

いや、エディス自身の言うとおり、生き返ったわけではない。肉体的には死んでいるままだった。ハント家専属医師の見立てでは、完全に心臓が止まっていて、当然血管の中の血が巡ることもなく、だから酸素が体内に運ばれることもなく、つまり呼吸もしていない。していないというよりも「する必要がない」。

しかしエディスは息を吸って吐き出している。意識しなければ息を吸い込むことを忘れてしまうが、肺を膨《ふく》らませて萎《しぼ》ませる動きを止めないようにしている。まばたきもだ。瞳はガラス玉のように乾ききっていても痛みは感じず、涙も出ず、潤《うるお》わせる必要はないものの、意図的にまばたきを繰り返す。

そうしなければ、自分がまさしく『屍体』だという事実と向き合わなければならなくて落ち込むし、周囲の人間も薄気味悪くて仕方がないだろう。

といっても、エディスが顔を合わせる人と言えば、侍女のカリンか、たまに家を訪れる弟ナヴィンか、ほんの一握りの知人しかいないのだが。

「ナヴィン様、お帰りになられましたわ」

荷物を運び終え、ついでにナヴィンを見送りに行ったカリンが、広間に戻ってきてエディスに告げた。

「そう。あの子も、大変よね。きっと私のところに荷物を運びに行くの、自分たちだけでは嫌だと従僕たちが言ったんだわ」

十の歳から五年以上エディスの傍にいてくれた侍女も、この家についてきてはくれなかった。エディスを見るだけで気絶してしまうのだから、仕方がない。

「何しろ私、『生ける屍』なんですもの。実の両親ですら、そんな娘が怖《おそ》ろしいって、問答無用でこんな納屋《なや》みたいにみすぼらしい家に放り出したんですもの。他の誰だって、気味が悪くて、近づきたくなんてないわよね」

ソファの肘掛《ひじか》けに突っ伏し、ぐったりとしながらエディスは呟く。

「そうですね」

主人の嘆《なげ》きに対して、侍女の返答はあっさりとしたものだった。

「……っ、そこは、『そんなことありません』とか、お世辞でも言うところじゃなくって⁉」

エディスがソファの肘掛けから勢いよく頭を上げると、あまり急に動きすぎたせいか、そのままうしろに引っ繰り返りそうになってしまった。頭の重みのせいで、うまく体のバランスが取れない。「生きていた」頃は何を考える必要もなく頭や手脚を動かしていたのに、死んだ今となっては、時々こうしてよろめいたり、実際転んだりしてしまって、やり辛《づら》いったらない。

先刻無様に腰を抜かした弟を笑えない。

「この、頭が重いったら……、あっ！」

もう一度、仰《の》け反《ぞ》った頭を勢いで戻そうとしたら、今度は前のめりに倒れそうになる。

あわや絨毯《じゅうたん》に落下——というところで、何かに肩と頭を押さえられた。

「おい、気をつけろ」

素っ気ない声がエディスの頭上から降ってくる。どうにか体を立て直しながら見上げると、助けてくれたのは、二十代半《なか》ばほどに見える青年だった。

「あ……ありがとう、ヒューゴ」

上着は身につけず黒いベストだけ、タイはせず、シャツも黒い。髪もまっ黒で、肌は褐色《かっしょく》。瞳は金色。

ヒューゴと呼ばれた独特の風貌を持った青年は、エディスの感謝に愛想のない頷きをひとつ返した。

「普通の体じゃないんだ。低いところから落ちた衝撃でも、手脚がばらばらになるかもしれないぞ」

「こ、怖いこと言わないで」

ヒューゴの威《おど》し文句のような言葉に、エディスは慌てて自分の両腕を自分で抱き締めた。ふとヒューゴが口許《くちもと》に意地の悪そうな笑みを浮かべているのを見て、からかわれたのだと悟《さと》り、腹が立つよりもほっとする。

そうそう手脚がばらばらになってはたまらない。いくらエディスが、屍体だからと言って。

「部屋から出てくるなんて、珍しいのね。うちに来てからこの二日、ずっと部屋にこもっていたのに」

気を取り直してエディスが言い、ヒューゴはエディスの向かいのソファにどさりと腰を落とした。ヒューゴの瞼《まぶた》は重たそうに、半分落ちている。

「ばたばたやってるから、目が覚めた」

ナヴィンが持ってきた荷物を運び込む時の物音か、それともナヴィン自身が腰を抜かしながら上げた情けない声のせいか。

「カリン、ヒューゴにもお茶を淹れてあげて」

エディスが告げると、カリンは眉の辺りにあからさまに不満そうな仕種を見せつつも、頷いた。ソファに凭れ、脚を組み、大欠伸《おおあくび》をしているヒューゴの我がもの顔な態度を非難するような一瞥《いちべつ》を向けてから、広間を出ていく。

「あの侍女は、相変わらず俺が気に喰わないようだな」

敵意とまではいかないが、胡散臭《うさんくさ》いものに対する態度をカリンに見せられ、ヒューゴは億劫そうに言った。

「仕方ないわ。あなた、とっても怪しいんだもの」

何しろヒューゴは素性の知れない男だ。ヒューゴという名以外、姓も名乗らず、出身地も告げずにいる。三日前にたまたま街で出会ったというだけのこの青年を家に連れてきたことが、侍女に受け入れがたい気持ちは、エディスにもよくわかった。

そしてエディスの歯に衣《きぬ》着せない評価に、ヒューゴは気を悪くしたふうもなく、ただにやりと口の片端を持ち上げて見せるだけだ。

「その『とっても怪しい』男を、女主人と侍女が一人しかいない家に招き入れるなんて、どうかしてるんじゃないか。未婚の伯爵令嬢がそんな振る舞いをしていると世間が知れば、とんだ醜聞だ」

「そんなのは、今さらでしょう。私が誰かに殺されたことと、なのにこうして喋《しゃべ》って動き回っていること以上に世間から怪しまれることなんて、ないんだから」

言っていて、エディスは自分で悲しくなってくる。泣きたい気分だが、どうやったって涙は出ない。もう笑うしかないから、笑った。笑ってからひどく虚《むな》しくなった。

「ああ、本当なら今頃、こんな納屋みたいなみすぼらしい家なんかじゃなくて、どこかのおうちのお茶会や王宮の夜会に招かれたり、オペラを観に行ったり、遠乗りをしたり、ローンテニスをしたり、動物園や植物園で遊んだり、噂になっている万国博覧会に行ったり、しているはずなのに」

「この家を納屋みたいだなんて言われたら、善良な庶民《しょみん》が泣くな。長屋の一室に押し込められなかっただけマシだろう」

「見栄と体裁《ていさい》ばかり気にしているお父様に、そんなことする度胸なんてありはしないわ。まあ私も見世物になりたくないから、このくらい寂《さび》れた町外れで息を潜《ひそ》めて暮らしている方が、気が楽だけど」

改めて広間を見回し、エディスは盛大な溜息を吐いた。

広間と称しているが、応接間や食堂も兼ねた部屋で、食事テーブルも来客用のソファもカウチもカフェテーブルも全部押し込められている。エディスがこれまでの生活の大半を過ごしたハント家のカントリー・ハウスには、何倍も広い大広間があり、広間も応接室も食堂もあり、この家にはない図書室も画廊も、もちろん家族全員分の広い寝室も衣装部屋も書斎も、数多くいる召使いたちのための部屋も、全員分の食事を作るための調理場も料理人も、愛馬も馬車も馬丁《ばてい》も、季節ごとの景色を楽しむことのできる庭園も、花園も、およそエディスの人生に必要なすべてが完璧に揃っていた。

なのにこの家にあるのは、衣装部屋や書斎に続くこともない小さな寝室がひとつ、カリンの使う召使い用の控え室がひとつ、客室がひとつ、物置部屋がひとつ、この広間と、たった五つしか部屋がない。勿論厩《うまや》もないし、庭といったらせいぜい枯れかけの胡頽子《ぐみ》の木が一本だけ申し訳程度に植わった猫の額よりも小さなものだ。門をくぐれば三歩で玄関に着く。

「体裁ばかり気にする親に、もう一度土葬にされなくてよかったじゃないか」

土葬、とはっきりヒューゴから口に出されて、エディスは動いていないはずの心臓が痛くなった。

エディスは一度土に埋められた。らしい。らしい、というのはエディス自身にはその記憶がないからだ。死んで、葬儀が執り行われ、ハント家の墓に埋葬《まいそう》された。

エディスの国の宗教では、正しい信仰心を持つ者は死後に魂が神の御許《みもと》に招かれるが、正しい行いをせずに死んだ者はそれが叶わず悪霊となり、この世に留まると言われている。

ハント家の令嬢の死は大々的に新聞にも取り上げられ、この街の人間で知らない者はいないだろう。死んだはずのエディスが人前に現れれば、「神の怒りに触れて昇天を拒《こば》まれた、悪《あ》しき娘」と怖れられ、両親はそんな娘を育てた者として批難され、宮廷での立場に響くことは予想に難《かた》くない。

「そうね、この家に住まわせてくれているだけ、私に愛情はあるということよね」

体裁は気にするが善良ではある両親なので、まさかもう一度葬《ほうむ》ろうとするとまでは、エディスには考えられない。エディスを家から追い出したのは、先刻のナヴィン同様、『生ける屍』である娘が怖ろしかったからに違いなかった。

実の親や兄弟に敬遠されるというのも切ない話だが、王都から離れた領地に追い遣ることもせず、ハント家のタウン・ハウスから馬車で来られるこの家を宛がった両親の気持ちを考えれば、エディスもあまり責める気は起きない。

「とにかく悪いのは、私を殺した誰かよ」

ぎゅっと、エディスは両手を握りしめた。

自分が殺され、土葬まですんでいたと知って、最初は事態が飲み込めず呆然としていたし、悲嘆にくれて喚《わめ》きもしたが、今のエディスの心の大半を占めているのは、怒りと復讐心だ。

「それで、自分を殺した犯人については、何か思い出せたのか？」

ヒューゴの問いに、エディスは強く首を振る。

「いいえ。前に話した時と変わりないわ、殺された時のことも、その前のことも、何だかぼんやりしていてうまく思い出せないの」

雨が降っていた。

あの日のことでエディスが確実に思い出せるのは、それだけだ。

「もう三日も鬱陶《うっとう》しい霧雨が続いていて、寒くて。私、雨が降るとすぐに頭が痛くなるから、誘われていたお茶会やオペラに行くのも気が進まなくて、お断りの手紙を書いて……お部屋で過ごすつもりだったのよ。大好きな紅茶と、苺《いちご》ジャムとクロテッドクリームたっぷりの焼き立てスコーンを運んでもらって、何か本を……詩を読んだりしながら……でも、侍女が呼びに来て」

侍女は銀盆《ぎんぼん》に、たったいま届いたという手紙を載せていた。自分はそれを受け取り、丁寧にナイフで封を切り、中を確かめて。

「出かける支度をしたんだわ。雨なのに外に行くつもりになったんだから、きっとよほど大切な理由だったんでしょう」

そこまでは、わかる。

だが誰に呼び出されたのか、どこに向かったのか、そこからが思い出せない。

気づいた時には、ハント家のタウン・ハウス近くの通りに倒れていた。エディスはわけもわからないまま、ふらふらと家に戻り、その姿を見た使用人たちは悲鳴を上げ泣き叫びながら逃げ回り、母親とナヴィンは卒倒《そっとう》し、父親は「悪霊よ去れ！　誰か、悪霊祓《ばら》いを呼べ！」と喚きながら、エディスを家から追い払ったのだ。

「とにかくどうにかして、一刻も早く、思い出さないと。もし私を殺した犯人が今ものうのうと暮らしていると思うと腹が立つし、万が一にもこの街や国から逃げ出してしまったらと考えるだけで、我慢ならないわ」

今は何の働きもしていないらしい腸《はらわた》が煮えくり返りそうな気分を持て余しながら呟くと、エディスはきっとヒューゴを見遣った。

「手伝ってくれるのよね。そう言ったから、あなたを客室に置いてあげているんだから」

「ああ、そのつもりだと言っているだろう」

ヒューゴが頷く。

話しているうちに、ようやくカリンがヒューゴの分のお茶を淹れて戻ってきた。ティーカップをテーブルに置いて、すぐに下がる。カップを口に運んだヒューゴは、顔を顰《しか》めた。

「出がらしだ。何て地味な嫌がらせをするんだ、おまえのところの侍女は」

「あとで叱っておくけど、あなたのおかげで無事に犯人をみつけることができたら、彼女だって少しは態度を変えるでしょう。それに、いくらだって謝礼を渡します」

今のところ、エディスにとってはこの青年が唯一の味方なのだ。臍《へそ》を曲げて出て行かれても困るので、慌てて気を惹くようなことを口にする。

「謝礼、ね。あんた自身が稼《かせ》いだ金でもないだろうに」

ヒューゴはあまり心を動かされた様子がなかった。

「私の汚名を濯《そそ》ぐことができれば、ひいてはハント家の利にもなるわ。とにかく、協力してちょうだい。私はどんなことをしたって私を殺した犯人をみつけだして、百万回くらい恨み言を浴びせて、この手でぶん殴ってやるんだから」

伯爵令嬢らしからぬ物騒《ぶっそう》な物言いをしながら、エディスはぐっと右手の拳《こぶし》を握り締める。

「今の私にとっては、それが存在理由なのよ」

「まあ協力すると約束したからには、手を貸す。上の部屋で寝かせてもらえて、だいぶ疲れも取れたしな」

ヒューゴを初めてこの家に招いた三日前、彼はひどく消耗《しょうもう》していて、フラフラだった。旅の途中だと言っていたが、路銀《ろぎん》に困っていて、ろくろく食事もせずにいたらしい。ベッドと食事を提供して、二日間ほとんどを客間で寝て過ごしたおかげで、本人の言うとおりすっかり元気になったようだ。

「助かります。警察はちっとも役に立たなくて、途方に暮れていたの。私の死亡診断書は結局提出していないし、『殺されていないのなら捜査できない』の一点張り。いっそ死亡届をすませていれば、警察相手には話が早かったかもしれないけど、そうすると私は戸籍もなくなって、この先この街でまともに暮らしていけなくなるわ」

医師はエディスの死亡診断書を書いたが、葬儀を終えて死亡届を役所に出す前に、エディスが「生き返って」しまった。公式な書類上においては、エディス・ハントは生存し続けている。

医師はエディスの死因について、『何らかの毒物による心不全』とだけ診断をくだした。両親はそれ以上詳しい検死を望まず、世間には『病死』だと発表した。

だからエディスは、自分が一体何の毒を飲まされて死んだのかもわからない。

「どんな毒だったかがわかれば、警察じゃなくても、入手ルートからどうにか犯人を割り出す道もあるんだろうがな」

「もう一度お医者様に聞いてみるわ。他に、した方がいいことって思いついた？」

「『どうやって殺したか』がわからないなら、『誰が殺したか』から攻めていく道もある。貴族の娘が家の外で、たった一人で見知らぬ人間に殺される方が難しいだろう」

「たしかに、そうね。どこに移動するにも侍女がつくし、外に行くなら馬車が必要だから、馬丁に聞けば私があの日どこに向かったかがわかるでしょう。さっき弟が来た時に、そういうことを確かめてもらうよう言っておけばよかった。早速手紙を書かなくちゃね」

「いや、少し、待て」

「え？」

「順番がある。言うまでもなく、俺はおまえの交友関係をよく知らない」

「ええ。知ってたらむしろ怖いわよね、あなたとは三日前に会ったばかりなんだもの」

「知らないからこそ、第三者の視点で事件を見ることもできるだろう。とりあえずおまえの周囲の人間について、あらためてどういう関係でどういう付き合い方をしてきたのか、教えてくれ」

「私の周囲の人間といっても、それなりに交友関係のある人はたくさんいたわ」

「ある程度以上親しい人間、あるいは顔を合わせることの多かった人間だけでいい。なにしろ、おまえの顔も首も綺麗なものだ。つまり争った形跡《けいせき》がない。無理矢理毒物を飲まされたなら、多少なりともその傷がどこかにつくはずだ」

言われてみれば、エディスの体のどこにもそういった痕跡がない。エディスはヒューゴの言わんとすることをすぐに察した。

「ということは……飲み物なり、食べ物なりに毒を仕込んで、飲ませた。私が何の疑いもなく手渡されたものを食べるような相手、ね。――あ、ハント家の料理人ということはないかしら。遠乗りやピクニックの時に軽食を作ってくれることがあるし、うちの料理人の用意したものだと知っていたら、気にせず食べてしまうわ」

「それはないだろう。伯爵家で雇う料理人なら身元がしっかりしているだろうし、毒を混ぜればすぐバレる。動機も思いつかんしな、料理人と親しくしていたわけではないだろう？」

「そうねえ、直接話したことはないし、名前もよく知らないわ」

エディスは浮かない気分で頷いた。

「そうすると、疑わしいのは、私と本当に親しい人ということになるのね……」

気が進まないながら友人や知人の顔をエディスが頭に浮かべた時、玄関で再びノックの音が聞こえた。

カリンが応対している。

再び来客のようだった。

2

ほどなくして、廊下をぱたぱたと小走りに進む音が響き、広間のドアを開けて小柄な少女が飛び込んで来た。

「ああ、エディス……！」

顔を涙で濡らした少女は、エディスの姿をソファの上にみつけると、よろめくようにして駆け寄ってくる。

茶色い髪に青い瞳、微《かす》かに浮いた愛らしい雀斑《そばかす》。いつもはドレスも耳飾りも髪型も彼女に似合うよう調《ととの》えられているのに、今はまるですべて間に合わせで身につけたというふうに、どこかちぐはぐだ。お洒落《しゃれ》な彼女らしくもない。

「アイミア」

エディスは慌てて立ち上がり、自分の方へと飛び込んでくる少女の体を受け止めた。

「エディス、生きているの？　本当にあなた、生きているのね！」

「ええと、生きているか死んでいるかっていう話は、少し、難しいんだけど……」

実は体は死にっぱなしなのだ、という説明を、エディスはひとまず省《はぶ》いた。友人はすっかり泣きじゃくっていて、エディスに縋《すが》りついているが、その体に熱もなければ脈もないということに、気づいていないようだ。

アイミア・ジュソー、同じく父に伯爵を持つ貴族の娘で、幼い頃から最も親しい友人のうちの一人だった。

「怖ろしい目に遭ったのだと聞いたわ」

震える手で、手袋越しに、アイミアがエディスの頬に触れてくる。

エディスは精一杯微笑んでみせた。

「実は、そのあたりのことを覚えていないの。いつの間にか寝てしまって、起きたら騒ぎになっていて、びっくりしたくらいよ」

本当のことを答えたのだが、アイミアは不思議そうな表情になってしまった。殺されたのにそのことを一切覚えていないなんて、不自然な話に聞こえたのだろう。

「それよりアイミア、あなた、ずいぶん痩《や》せてしまったんじゃなくて？」

もともとほっそりしていたアイミアの体は、同じく華奢《きゃしゃ》なエディスでも支えられるほど、さらに細くなっている。

「実は、今朝まで寝込んでいて。あなたが亡くなったと聞いて、倒れてしまったの。高熱を出していたせいであなたのお葬式にも行けなくて、ずっと悪い夢を見ていたようで……」

「まあ」

胸が詰まるような思いになって、エディスは友人の体を抱き締めた。

アイミアは見た目こそ小柄で愛らしいが、どちらかといえば勝ち気で、元気な少女だった。その彼女がこんなに身を震わせるほどに泣きじゃくっているということに、エディスも心を震わせる。

「ごめんなさい、心配かけて。でもほら、私はこうして元気でいるわ」

「ええ、ええ！　もう一度あなたに会えて嬉しいわ、エディス！」

アイミアの言葉に、エディスも釣られて泣きそうになった。何しろこんなふうに自分の帰還を喜んでくれた人は、家族を含めても他にはいなかったのだ。

二人して泣き笑いの顔で抱き合っていると、広間にカリンが現れ、エディスに耳打ちした。

「お嬢様、もうお一方、お客さまが」

「もう一人？　どなたかしら」

カリンに答えながら何となく向かいのソファを見遣ったエディスは、いつのまにかヒューゴの姿が消えていることに気づいた。エディスとアイミアの感動の再会に水を差さないよう気を遣ってくれたのだろうか。アイミアにヒューゴをどう紹介すべきかわからなかったので、エディスは内心ほっとした。

「マーティン侯爵家のご令嬢とおっしゃる方です」

カリンの口から出てきた名に、エディスはぎょっとして目を瞠《みは》った。

「マーティン⁉　ステイシー・マーティン⁉　どうしてあの意地悪な子がうちに来るの⁉」

「あら、意地悪とはひどい言い種《ぐさ》ねえ」

聞き慣れた声に、エディスはさらにぎょっとなった。

アイミアと抱き合ったまま振り返れば、すでに、背の高い、明るい金髪の少女が広間にずかずかと入ってくるところだった。

顔の作りも派手な美少女なのに、ドレスも手袋も帽子もアクセサリーも街の最先端ファッションを総取りしたきらびやかさで、ただそこにいるだけで賑《にぎ》やかな印象になる、社交界の薔薇《ばら》とも呼ばれる侯爵令嬢。

「このおうち、フットマンもいらっしゃらないの？　メイドひとりが出てきてびっくりしたわ。馬車を停める場所もないし、あら、もしかしてお住まいじゃなくて、納屋《なや》か何かだったのかしら」

「失礼だわ、ステイシー」

かちんときたエディスが言い返すより早く、ハンカチで涙を拭《ぬぐ》ったアイミアが、毅然《きぜん》とステイシーに向けて注意した。

「あらアイミア、あなたもいらっしゃったの？　ごめんなさい、目に入らなくって」

「たしかにここはあなたの侯爵家、いえ私の屋敷にも比べるとびっくりするくらい小さいけれど、エディスの住む場所なのよ。調度品はどう見ても間に合わせで、家具もカーテンも絨毯《じゅうたん》もエディスの趣味とはとても思えないような時代遅れのものだけど……、――エディス、よかったら、今度カタログを持ってくるから、あなたのお好きなものを贈らせていただける？」

ステイシーに反論していくうちに、アイミアの言葉の勢いが少しずつ落ちていって、最後には悲しげにエディスの手を取って懇願《こんがん》するような調子になってしまった。エディスだって何か悲しい気分になってくる。家具やファブリック類はすべてハント家の先祖が使っていたもので、物自体は高級で作りもしっかりしているが、何しろ古くて垢抜《あかぬ》けない。抽斗《ひきだし》ががたついているものもあるし、脚の長さが違うものだってある。もちろんエディスの趣味ではなくて、おそらく母親か家政婦長が、急いでこの家に娘を押し込めるために納戸《なんど》から引っ張り出してきたものに違いない。

「気にしないで、今、色々揃えている最中なの」

エディスがそう答えたのは、見栄を張ったこともあるが、これ以上アイミアに悲しい顔をさせたくなかったからだ。小柄で明るく、大勢の人の前では気後《きおく》れしがちなエディスを姉のように叱ってくれる彼女が、こんなふうに泣いている姿は初めて見た。

「それならいいのだけど……」

「そうは言っても、一から設《しつら》えるのじゃ時間が掛かるでしょう？　何なら私の家であまっているものをお譲りしましょうか、最近有名なデザイナーに注文した最先端のものを、お父様が色々とお買いになったのよ。古い家具、古いと言ってもここ数年のうちに買ったものがあまっていて、どうせもう使いもしないのに何世紀も溜めておくような物惜しみをする家でもありませんから、全部処分するつもりだったの。だから、遠慮なさらないで」

——しかしステイシーの方は、エディスが死ぬ前とまったく態度が変わらない。きらきらときらびやかな笑顔を振りまきながら、美しい顔で、壮絶な嫌味を流れるように口にする。

「結構よ。自分で選ぶって言っているでしょう、楽しみを奪わないでいただける？」

エディスがきっぱり答えると、ステイシーが微かに目を見開き、「あら」と意外そうに呟いた。

「あなた、死んでから、ずいぶん不貞不貞《ふてぶて》しくおなりになったのねえ」

「ステイシー！」

ステイシーの直截《ちょくさい》な表現に、アイミアはまた咎《とが》めるような声を上げたが、エディスは気にしていなかった。

死んで不貞不貞しくなったと言われたら、たしかにそのとおりなのだろう。以前はステイシーに皮肉を言われては、悲しくて俯《うつむ》いてしまったものだが、今は傷つくこともなく、腹も立たない。

（だって私、死んでいるんだもの）

それ以外のことが、すべて些末《さまつ》に感じる。

「家族のお古なら我慢できるけど、あなたの使い古しに囲まれてたら、気分が悪いわ」

「言うわねえ。伯爵家の娘が、侯爵家の娘に」

ハント家よりも、マーティン家の方が歴史も長く、王に血も近い格上で、貴族院での立場も段違いだ。だからこそステイシーは社交界でも堂々と振る舞えるし、エディスたちは彼女に対して控え目に接する必要があるし、年頃の貴公子たちは彼女に気に入られようと褒《ほ》めそやしながら周りに群がる。

「この状態で、家柄も身分もあったものじゃないわよ」

エディスは両手を拡げて、自分の姿を示した。

アイミアはいつもの彼女にしては調和が取れていないとはいえ流行《はや》りの色と形のドレスを着こなし、ステイシーはこのまま正式なお茶会に出席しても問題ないくらいに身なりを整えている。

しかしエディスときたら、ナヴィンから始まる客人など訪れることをまったく予想していなかったせいもあって、私室用のドレスのままだ。コルセットもつけていなければ流行りのバッスルもつけず、実にゆるゆると過ごせる味気ないドレスに、髪は結いもせず垂らしっぱなし。アクセサリーの類《たぐい》もつけず、手袋も外しっぱなし。ハント家で暮らしていた頃は、家族との晩《ばん》餐《さん》でだってこんな恰《かっ》好《こう》はできなかったが、エディスはこの家で過ごす時、ずっとこんな状態だ。およそ年頃の貴族の娘の姿ではない。

「きちんと訪問のお伺いがあれば、私だってそれなりの支度はしたわよ」

先触れもなく突然人の家を訪ねることこそ不躾《ぶしつけ》だ。エディスが暗にそう言うと、ステイシーも、勧《すす》められもしていないのにエディスの前に座る。

「仕方ないでしょ、先にお手紙を届けようとしたけど、死人の家へのお使いなんて誰もやりたがらなかったんだもの」

「ごめんなさい、実は私も、侍女や従僕にお願いしたのに断られてしまって……」

アイミアもステイシーの隣に腰掛けながら、言いづらそうに告白する。

エディスは天井を見上げて溜息をついた。

「仕方がないわね。弟だって、私にはろくろく近づきたがらない有様だもの。むしろあなたたちが平然とここに来てくれたのが、不思議なくらいだわ。怖くないの？」

「怖いなんてありえないわ、エディス。新聞や世間では言いたい放題に噂されているみたいだけど、エディスはエディス、私の大切なお友達だわ」

少し怒ったように言うアイミアの優しさに、エディスはまた心を打たれた。

「私は悪霊だろうと何だろうと、怖くないわよ。市立動物園の熊やライオンの檻《おり》の前に一番近づいた令嬢は、この私なんだから」

ステイシーはよくわからないところで胸を張っている。悪霊呼ばわりされたことと、熊やライオンと同列にされたことと、どちらに憤《いきどお》るべきか迷って、エディスは結局面倒になり何も言わないことにした。

カリンが客人のために紅茶と茶菓子を運んできて、アイミアとステイシーがそれらを口に運び、それぞれほうっと溜息をついている。

「紅茶、おいしい？」

エディスが訊ねると、ふたりとも怪訝《けげん》な顔をした。アイミアが頷く。

「ええ、とっても。これ、エディスのお気に入りのお茶でしょう？」

「スコーンはまあまあね。でもクロテッドクリームは、コクと口溶けが私好みで絶品だわ」

この街のおいしいものはすべて口にしていると豪語するステイシーが言うのだから、カリンのお菓子作りはなかなかの腕前なのだろう。

「あなたは召し上がらないの？」

「ええと、さっき、あなたたちがいらっしゃる前にいただいたから」

アイミアの質問をエディスは笑って誤魔化《ごまか》した。カリンに「誰に止められても紅茶を飲む」と宣言したが、結局のところ口にはしていない。

(だって、どうせ味なんて、わからないんだから)

死んだせいなのだろう、エディスには紅茶の味も香りもわからない。そもそも喉《のど》が渇かないし、おなかも空かないため、それが自分にとって必要なのかも謎だった。

(涙も出なければ、汗もかかない。お手洗いに行く必要もない。チェンバー・ポット《トイレ》の掃除がいらずに、カリンも楽ができるわよね)

生理現象の一切が、エディスには縁遠いものとなってしまったが、それをアイミアたちに説明するのも気がひける。理解してもらえるかわからないし、理解されたらされたで、気味悪がられるだけだろう。

（せっかく、ひさしぶりに会えたのに）

仲良しのアイミアはともかく、顔を合わせれば嫌味ばかりのステイシーまで来てくれた理由は謎だが、ひさびさに友人たちと顔を合わせ、会話ができて、エディスの胸は弾《はず》んだ。

「そういえばあなた、ウィルフレッド・スワートとはお会いになっているの？」

気分がいいからためしにスコーンを食べてしまおうかしら、でもおなかの中にたまっても外に出す術《すべ》がないから、腐ってしまっては困るし……と迷っていたエディスは、ステイシーの質問によって、冷水を浴びせかけられたような心地を味わった。

「——会うわけがないでしょう。どうせあなたもご存じのはずよ、ステイシー。私とウィルフレッドが婚約を解消したこと」

「もちろん知っているわ、スワート家からあなたが婚約破棄されたことは、新聞にも出たもの」

わざわざ「あなたが婚約破棄された」と言い直す辺りが、小面憎《こづらにく》い。エディスはステイシーを軽く睨んだ。

「なら意地の悪い質問はなさらないで。私とウィルフレッドが会う理由なんて、もうないのよ」

「……そう」

てっきり嫌味のための問いかと思ったのに、頷くステイシーが何か落胆したふうなのが気に懸かり、エディスは首を傾《かし》げた。

「どうしてあなたががっかりしているのよ、ステイシー」

「だってせっかくあなたっていう邪魔な婚約者がいなくなって、いよいよ私の出番かしらと思ったのに、ウィルフレッドったらちっとも社交界に出てこないんですもの。どの家の夜会や狩りでも姿を見ないし」

どこから言い返していいのか迷って、エディスは一度返事を飲み込む。

ステイシーがエディスに対していつも嫌味満載なのは、ウィルフレッドに気があるからだ。深い恋心を持つとまではいかないようだが、何しろ彼女は世の貴公子はすべて自分の美貌と家柄に関心を持っていると信じているので、見目のいい同年代の少年が他の令嬢と親しくしているのは、いつだって気に喰わないのだ。

おまけにその相手であるエディスは、清楚《せいそ》な美貌と控え目ではにかみ屋なところから社交界の銀百合《ぎんゆり》と呼ばれ、きらびやかなステイシーと頻繁《ひんぱん》に比較されている。

（とはいえ、私なんかアイミアの影に隠れてばっかりだったし、家柄も豪華さも、誰がどう見たってステイシーの方が上なのに）

ステイシーから一方的にライバル視されて、争う気もないエディスは、いつも困惑していた。

そういうおどおどする態度が気に喰わないと面と向かってステイシーに言われて、半泣きになっては、アイミアに庇《かば》ってもらってばかりだった。

「ウィルフレッドは、元々あまり社交の場がお好きではなかったんじゃないかしら」

アイミアがそう言って、エディスも頷く。

「あの人は、いつも必要最低限の場所にしか顔を出さなかったでしょう？」

「死んでいたエディスと、自分が死んだわけでもないのにショックで寝込んでらしたアイミアはご存じないでしょうけど、その必要最低限の場にもいらっしゃらなかったのよ。四日前に王妃様主催の舞踏会が開催されたのに、宮廷でお姿を見なかったわ」

王妃の名で主催された舞踏会であれば、よほどのことがなければ誘いを断るはずがない。そんなことをすれば王家から不興《ふきょう》を買って、スワート家の立場が悪くなるからだ。

「なら、ウィルフレッドも体調を崩されたとか？」

親友の死の衝撃で寝込んでいたアイミアが言うが、ステイシーが大きく首を振った。

「それはないでしょう。だってエディスとウィルフレッドは、親の決めた婚約者じゃない。愛し合っての恋人同士というわけじゃないのだから」

「そんな……」

アイミアはそれ以上ステイシーには言い返さず、ただ気懸かりそうにちらりとエディスの方を見た。

それはないでしょう、とエディスもステイシーと同じことを思っていた。

「そうね、小説やお芝居でもあるまいし、愛し合って結婚する貴族の男女がこの世にそうそういるわけもないものね。私が死んだことを嘆《なげ》いてウィルフレッドが病に倒れるとは、到底《とうてい》思えないわ」

スワート家の当主は判事で、社会的には信用のある男だが、身分は子爵《ししゃく》で、ハント家には一段劣《おと》る。エディスの父が判事の実直で勤勉な人柄をいたく気に入り、ハント家の方から進めた縁談で、スワート家としては断れないというより、断る理由がなかっただろう。

エディスも貴族の娘と生まれたからには、親の決めた相手と結婚するものだと思っていたので、文句はなかった。判事の息子であれば、礼儀正しく身辺も綺麗だろう。浮気は男の甲斐《かい》性《しょう》とよく言うが、年頃の少女らしく恋人や夫の浮気には嫌悪感を抱いてしまうので、その心配がないなら歓迎したいほどだった。

「何度か夜会やオペラにエスコートしてもらったけれど、仕方なく、っていう感じだったわ。婚約者がいる男性が出席しなくてはならない催《もよお》しに最低限、気乗りはしないけれど体裁を繕《つくろ》うために」

「なら婚約者があなたなのが気に入らなくていつもつまらなさそうな顔をしていたわけじゃなくて、社交の場そのものが苦手だったのね」

ステイシーの言葉はまったくもって失礼極まりないものだったが、事実そのとおりだったので、エディスは頷く。

「ここに来ればウィルフレッドに会えると思ってわざわざ足を運んでくださったのなら、お気の毒様。街の図書館にでも行った方が話が早いわ、判事の勉強をするために、熱心に本を読み漁《あさ》っていた気がするから」

「ふうん。図書館ね、退屈そう」

目的を果たせないと知ればすぐに立ち去るだろうと思ったが、ステイシーはなぜかアイミアと共にしばらくエディスの家に居座って、紅茶を三杯ほどおかわりしてから、ようやく帰っていった。

「それじゃエディス、また遊びに来るわね」

先にステイシーを送り出し、アイミアは名残惜《なごりお》しそうに玄関ホールでエディスの両手を握りしめた。エディスも同じように親友の手を握り返す。

「ええ、いつでも寄ってね。先触れなんてなくていいわ、どうせ家で暇にしているし」

「本当に、本当に、あなたが帰ってきてくれて嬉しいわ、エディス」

エディスの頰にキスしてから、アイミアも去っていく。

「――やっと帰ったか、おまえの友人とやらは」

友人たちと長々お喋《しゃべ》りをして、楽しかったが少し疲れを覚えたエディスが大きく溜息をついていると、背後からヒューゴが現れた。二階の客間で大人しくしていたらしい。

あまり気軽にアイミアたちの前に出現されれば、怪しまれるだろうから、そうしてくれて助かった。

「『生ける屍《しかばね》の伯爵令嬢』の家に上がり込むとは、なかなかの度胸だな」

「アイミア――仲良しの子の方は、単に病気で倒れたけど息を吹き返した、っていうくらいに思っているみたい。もう一人の意地悪な子は、私の元婚約者が目当てだったようね」

「ほう？」

ヒューゴが広間に向かうので、エディスは何となく彼のあとをついていった。そもそもこの家で、寝る時以外、エディスは大抵広間でごろごろしている。

「男を取り合っていたのか？」

ソファに腰を下ろすなり、ヒューゴがいささか品のない言い回しで訊ねるので、エディスはその向かいに座りながら少し眉をひそめた。

「取り合うも何も、私が死ななければ、ステイシーがどう思おうと何の問題もなくウィルフレッドと結婚していたわ。ステイシーは不倫の恋を狙っていたのかもしれないけど、私の元婚約者は判事の息子で、不貞の罪がどんなものかよく知っているだろうから、受け入れる余地はなかっただろうし」

「そうか。なら、おまえが死にでもしない限り、ウィルフレッドとやらを奪うのが無理だったわけだな」

「……」

何て怖ろしいことを言うのかと、エディスはヒューゴを咎《とが》めることができなかった。

（そうよね、一番目に見えて怪しいのって、ステイシーなんですもの）

だからよけい、先刻ステイシーが突然ここを訪れた時、エディスは驚いたのだ。

「でも……ステイシーがいくら嫌味で意地悪だとはいえ、人を殺すような子ではないと思うわ。ウィルフレッドのことは好きだったんでしょうけど、他にも親しい男性はたくさんいるし、たった一人のために手を汚すような真似はしないと思うの」

意地悪だが実は優しい、などと言うつもりはないが、些細《ささい》な利益のために露見《ろけん》すれば破滅するようなリスクを負うほど愚《おろ》かではない気がする。

「裏で手を回すより、正々堂々と戦って奪い取る方が好きそうだし」

「それはわからんな、人間なんて、表に見える性格と、腹の底で考えていることが喰い違ってるもんだ」

「ううん、たしかに、ステイシーのことをそれほど詳しく知っているわけではないから、何とも言えないけど……」

「アイミアというのは、どういう娘だ」

「幼馴染みよ。遠縁でもあって、うんと小さな時から一番仲良しなの。優しくて、しっかり者で、私はいつもアイミアに助けられているわ。私には兄と弟しかいないけど、お姉様がいたら、こんな感じだろうなってずっと思っているの」

そんな彼女に心労をかけてしまったことが、エディスには悔やまれてならない。

「今回自分が死んで一番悲しかったのって、アイミアを寝込ませてしまったということだわ。十日間も起き上がれないほど苦しんだなんて」

「貴族の娘っていうのは、何かと言えば気絶したり熱を出したりするもんだな」

「アイミアは強い子だから、普段なら決してそんなことがないのよ。私の家でお茶会をした時なんて、庭にナヴィンの飼い犬が入り込んで、私も侍女もおそろしくて泣きじゃくっていたのに、アイミアだけが私を庇《かば》って犬の前に立ち塞《ふさ》がってくれたわ」

すぐに庭師や従僕たちが飛んできて、犬を捕まえてくれたから、誰にも怪我はなかったが、泣き止《や》まないエディスをアイミアが抱き締めて宥《なだ》めてくれた。本当に強い少女で、エディスにとってはずっと憧《あこが》れだった。

「私なんて気弱ですぐ泣くし、誰にも言いたいことが言えなくて、もどかしい思いばっかりしてきたのに」

「とてもそうは見えんがな……」

ヒューゴがわざとらしくエディスの頭から爪先《つまさき》までをじろじろ見て、感想を述《の》べる。死ぬ前のエディスだったら人に、それも親しくもない男性に凝視されれば縮こまって泣き出してしまっただろうが、今はむしろ、顔を上げてヒューゴを見返してやる。

「めそめそ泣いてたって、私を殺した犯人を捕まえることができるわけじゃないわ。私、生まれ変わることにしたの。まあ死にっぱなしではあるんだけど、とにかく、引っ込み思案で人見知りのエディスは死んだのよ。この息もしない、鼓動もない体がいつまで思い通りに動いてくれるかわからないんだもの、動けるうちにやれることをやらなくちゃ」

身近な人間を疑わなければならないのはいい気分ではないが、そんなことは言っていられない。

自分にどれほどの時間が残されているのかわからない今、エディスは本音を言って、なりふりなど構っていられないのだった。

◇◇◇

「お嬢様、シャンカール医師がお見えです」

今日はまったく、千客万来だ。

「お通しして」

エディスがカリンに答え、客を待つ間にヒューゴは再び客室に引っ込んだ。

「やあエディス、調子はどうかな」

今度訪れたのは、ハント家の主治医——つまりはエディスの死亡診断書も書いたミド・シャンカールという医者だ。

ナヴィンと代わり映えのない台詞《セリフ》で広間に入ってきた男は、だが弟と比べると相当にこやかで、愛想がいい。栗色の巻き毛を大雑把《おおざっぱ》に黒いリボンで括《くく》り、丸眼鏡に、グレーの三つ揃いで身を包み、手には診察鞄をぶら下げている。

「こんにちは先生、気分はあまりよくないけど、体は大丈夫です」

「あはは、屍体《したい》なのに大丈夫っていうのは、おもしろいなあ」

シャンカール医師は帽子を取りながら笑い声を上げる。彼はいつでも機嫌がいい。エディスにとってはまったく笑えないことを口にして、実に楽しそうにしている。とっくに三十路《みそじ》を過ぎているはずだが、整った顔に髭《ひげ》も蓄《たくわ》えずにいるから、妙に若く見える男だ。

「どれ、じゃあ、意味はなさそうだけど脈を取ろうか」

エディスはシャンカールに指示されるままソファに横たわり、左腕を彼に差し出した。医師はエディスの脈を取り、額に手を当て、指で瞼《まぶた》を押し開いて瞳を覗き込み、最後に注射器で採《さい》血《けつ》した。

この採血というものが以前のエディスは大嫌いで、針が刺さる瞬間に貧血を起こしたこともあったが、今はどうせ痛みも感じないのでまったく平気だ。

「うーむ、立派に赤いな」

さすがに、注射器に取った血液をシャンカールがしげしげ眺めている様子からは、目を逸《そ》らしてしまったが。

「防腐剤でも入っているのかな、エディスの血液には」

「だから何回も言いますけど、笑えない冗談を私の前で言うのはやめてくださいませんか！」

シャンカールには、医者という職業柄なのか、どうにもこうにもデリカシーというものがない。

ずけずけとものを言うのはステイシーも大差なかったが、おかしな話、ステイシーの方が「意地悪を言ってやろう」という気概《きがい》を感じるだけ、気にならなかった。

しかしこの医者はざっくばらんに無神経なことを言うので、エディスは身構える暇がなく、ぐさぐさとその言葉が動かない心臓に刺さってしまう。

「ああ、ごめんごめん。気をつけるよ」

まったく悪いと思っていない調子で言って、シャンカールが注射器や他の診察道具を鞄にしまう。

この悪びれない医師が、『死んだはずのエディスが再び此《こ》の世に舞い戻った』こと、しかし『脈も呼吸もない生ける屍である』ということを新聞社の取材に答えたせいで、エディスは一躍《いちやく》ゴシップの中心人物になってしまった。

元々、死んで埋葬《まいそう》されたはずのエディスがハント家のタウン・ハウスの近くで目を覚まし、家に帰るまでの間に、その姿を人に見られてはいたらしい。それが噂になる前に隠蔽《いんぺい》しようとしたハント伯爵の努力は、シャンカールのせいで無に帰《き》した。

死んだまま生き返ったけれど死亡届をどうするべきか、ということを役所に相談に向かった帰り道に、エディスが生き返ったという噂を耳にした記者に捕まり、本当のことを話しただけなので、シャンカールは一切自分に非があるとは思っていない。

『伯爵令嬢、生ける屍として墓場から蘇る！』などとセンセーショナルな見出しの新聞が国中で読まれていることについて、「エディスも有名になったもんだなあ」などと感心しているくらいだ。

この医者は、患者の病気や怪我を治すこと以外には、何の興味も持てないタイプの変わり者なのだ。

生まれた時から彼に世話になっているエディスは嫌というほどそれを知っていたので、シャンカールの対応を責める気は起きなかった。

責めたところで毛の先程も悪びれないだろうと想像ができるせいもあるが。

「それで、私の体、何か変わりはありましたか？」

こんなに生前と変わらないまま思い通りに動くのだ。何かの間違いで生き返ることもあるかもしれない。いや、死亡診断自体が何かの間違いということも。

「いやあ、ないね。君は今日も、立派な屍体だよ！」

――エディスのかすかな望みなど、シャンカールがにこやかに粉砕《ふんさい》してくれた。

エディスは痛むはずのない頭を押さえながら、ソファの上に起き上がる。

「私が診断した時のまま、この十日というもの、いつ測っても脈はないし、心臓は止まっているし、体温は外気温より低い。瞳孔《どうこう》は開きっぱなし、光を当てても針の先ほども収縮しない。すばらしいよ」

「すばらしいって、何がですか」

「君の存在は奇蹟だ、エディス。今すぐにも隅々まで調べ上げて、学会に発表したいくらいさ」

エディスは慌てて、シャンカールから距離を取るように背中をソファの背もたれに貼り付かせ、両腕で自分の体を抱き締めた。

「やめてください、いくら痛みがないからって、切り刻まれたら本当に死んでしまうわ」

「実に残念だな、君のお父上からも検死は禁じられてしまったし、死亡届の出ていない貴族の子女《しじょ》を切り刻んだら私が殺人犯に仕立て上げられてしまうだろうし、最近死体盗掘人《とうくつにん》に対する私刑《しけい》が厳しくなってるから、万が一にもそんなものと間違われてもたまらないし」

心から無念そうに、シャンカールが言う。

エディスはなるべくこんな話題を切り上げてしまいたかったが、まだ聞きたいことがあるので、しぶしぶ続ける。

「それで、私を殺した毒が何なのかは、わかりましたか？」

死因となる毒について、シャンカールに調べてもらっている。エディスの父親はこれ以上世間を騒がせたくないようで「余計なことを調べる必要はない」と言ったらしいが、エディスが直接頼むと、シャンカールは二つ返事で引き受けてくれた。

「うーん、死にたての君から取った血と髪、二日後のそれ、四日後、六日後、八日後と調べているけど、よくわからないね。少なくとも、ポピュラーな致死性《ちしせい》の毒物の反応は出ていない」

致死性の毒物に対してポピュラーと表現するシャンカールの言語センスに対する言及を、エディスはひとまず避けた。

「使った痕跡も残さずに、人を殺せる毒物というのは、ありえるのかしら」

「ないとは言い切れないね、ないことを証明するのは難しいから」

「先生はなぜ、私が毒殺だと判断したんですか？　どの毒が使われたのかもわからないのに」

「毒殺以外ありえなかったからさ。私が君の屍体を最初に確認した時は、チアノーゼが出ていたから、おそらく血行障害を起こしていたと診《み》た。だが君に重篤《じゅうとく》な持病がなかったことは、私の父の代から主治医をやってるからよく知っている。君が前日までまったく健康体だったことも、元侍女に確かめた。全身くまなく調べたけれど、一切の外傷はない。念のために虫刺されのアレルギーなんかも疑ってみたが、その痕跡もない。君の体は、まったく磁器《じき》人形のように傷ひとつない完璧なものだったよ」

これが医師の台詞でなかったら貧血を起こしそうなところだが、エディスは努《つと》めて気にせず、頷いた。

「喉の腫《は》れもなかったから、虫以外のアレルギーでもない。だとしたら、何の前触れなく心臓が止まり、全身に酸素が行き渡らず死んでしまうのは、ありえないことなんだ。かならずどこかしらに痛みや倦怠感《けんたいかん》、貧血や昏倒《こんとう》なんて、異常のサインが表に出てくるはずだ。君が生まれたての乳児だったり、五十過ぎのおばあさんというなら話は別だけどね。こんな不思議な異常死が起こるとしたら、未知の毒か、でなけりゃ悪霊の仕業《しわざ》に決まってる。そして私は、悪霊なんて馬鹿げた存在は信じていない」

淀《よど》みないシャンカールの説明に、なるほど、とエディスは頷いた。たしかに彼の言うとおり、エディスにはこれまで大病の経験はなく、風邪すらも滅多《めった》にひかず、「エディスは見た目の割に頑丈よね」とアイミアに褒められるほどだった。

「どんな毒かもわからないまま診断書に毒殺なんて書くのは忸怩《じくじ》たるものがあったけど、提出しなければならなかったから仕方がない。結果的に必要なくなってしまったけど」

「わかりました。どうもありがとう」

ひとまず、聞きたいことは聞いた。昨日のうちに、ヒューゴから「医者が来たら訊け」と言われていたのだ。

(私だったら、毒についていろいろ疑問があるだなんて、思いつかなかったわ)

普通に暮らしていて、人を殺すほどの力を持つ毒についての知識など、得る機会もない。

シャンカールは「また二日後に往診に来るよ」と言い残し、去っていった。彼が誰よりも、弟のナヴィンよりも足繁くエディスの許《もと》を訪れるのは、ひそかに両親のどちらかに頼まれているのか、それとも医者としての使命感なのか、もしくは好奇心なのか。

カントリー・ハウスにまで一緒に着いてくるほどハント家とは密接な付き合いのある医師だが、主には生まれつき体の弱い長兄《ちょうけい》に付き添っていることが多かったため、エディスはあまり彼の為人《ひととなり》は知らない。知っているのは、極めて変人だ、ということくらいだ。

(先生が毒の種類を特定してくれたら、きっともう少し犯人が捜しやすくなるんだろうけど)

先刻話を聞いた感じでは、そう簡単にいくものでもなかったようだ。

(私が死んだあとでも家を訪れてくれるほど縁があるのは、私が死んだあとに面識が出来たカリンとヒューゴを除いて、今日までにこの家を訪れてくれた人ということになるのかしら)

ヒューゴと先刻交わした会話を頭に浮かべつつ、エディスは思案する。

しかしどうも「そんなことをする人がいるはずがない」というところで考えが止まってしまうので、またヒューゴの力を借りることにした。二階の客間に向かい、ドアを叩く。

「ヒューゴ、お医者様はお帰りになったわ。さっきの話の続き、いい?」

ヒューゴはすぐに部屋を出てきて、エディスは再び彼と共に広間に戻る。途中、カリンが階段をブラシで磨《みが》いている姿が見えた。相変わらずヒューゴに自発的にお茶を淹れる気はないらしく、エディスも喉が渇いたわけでもないもので、声をかけずにおく。

「シャンカール先生は、お医者様なんだから、人を殺すわけがないわよね」

ソファに腰を下ろしてすぐに口を開いたエディスに、ヒューゴが少し考え込む様子になる。

「そうだな……その医者がどんな人間かは知らないが、もしそいつが犯人であれば、毒殺だのと診断を下す必要はない。おまえに元々重大な病気があったとか、それらしく聞こえる病名を用意すれば、疑う者はいなくなる。殺人、と断定した時点で、殺人者の可能性は低くなるな」

「殺すつもりがあれば、ハント家の中でだって、いつでも怪しまれずに行える機会があるんだものね」

とすると、シャンカールは頭数に入れなくていいのだろう。

「アイミアもありえないし、これで二人は除外できるわね」

「待て。心情的に親友を疑いたくない気持ちはわかるが、それ以外に証明する手立てがなければ、俺は容疑者からは外さないぞ。第三者の視点で見るというのは、そういうことだ」

「でも、ありえないわ」

「アイミアがおまえを誘い出して毒を飲ませたわけじゃないという証拠が出てきたら、納得してやる」

ヒューゴの言い分はエディスにとって不服だったが、どのみちありえないとしか思えないので、不承不承頷いておく。

「ステイシーという娘も同じだ。やった証拠かやらなかった証拠、どちらかが必要だ」

「証拠って、どうしたらいいのよ?」

「おまえが殺された日、その二人がどこで何をしていたのか、確認できればいい。本人に聞くんじゃ駄目だぞ、犯人だったら嘘をつくに決まっている。周りの人間から確かめるんだ」

「周りの人間、ねえ……」

彼女たちの家族。友人。侍女や馬丁。

今のエディスが訪ねていって、まともに答えてくれるとも思えない。何しろ、先触れの使いすら、エディスに会うことを嫌がって、誰もやりたがらなかったというのだ。

「その方法はあとで考えるとして、その二人とシャンカール先生以外で、私を殺せるほど親しい人……」

「弟は？」

「えっ？」

面喰らって、エディスは目を丸くした。

「弟って、ナヴィンのこと？　それこそありえないわ、あの態度は大きいのに気の小さな子が、そんな大それたことできるわけないもの」

「姉のおまえがそういうふうに見下すから、恨まれていたとか？」

「ナヴィンの気が小さいのは、誰に聞いたってそう言うわよ。それに自分で言うのも何だけど、死ぬまでの私はすごく優しい姉だったわ。私の方が何度もあの子に泣かされたくらいよ、犬をけしかけたり、蛇《へび》のおもちゃをスープ皿に忍ばせたり、階段に蠟《ろう》を塗って転ばせようとしたり、ひどい悪戯《いたずら》ばかりする子だったんだから」

「何だ。たちの悪い子供だな。大怪我をする可能性があることばかりじゃないか」

ヒューゴは少し不快そうだった。たしかに言葉だけ聞いていれば、悪戯にしても悪質だろう。

「あの子は少しひねくれてしまったけど、理由はあるのよ。両親が病弱な兄にかかりきりだから、きっと寂しいんだわ」

「兄というのは、跡取りの長男のことか？」

「ええ、今年十八歳になるのだけれど、季節の変わり目にひどい風邪を引き込んだりすることが多いの。そうするとお母様はお兄様につきっきりになってしまうし。昨年末にも肺炎を起こして、一時は命が危ないとまで言われて、家中が大変だったし」

「成程《なるほど》。では兄が病で死に、姉も葬《ほうむ》れば、父親の爵位《しゃくい》を継ぐことになる自分が誰より注目されるわけだな」

さすがにこのヒューゴの推理に、エディスは絶句した。

「つい最近、女でも父親の爵位を継いだ例が出ただろう。せっかく兄がいなくなっても、おまえの存在がナヴィンの野心を阻《はば》むかもしれない」

「待って、待って。あの子にそんな悪知恵が働くとは思えないわ、ひねくれてはいるけれどすごく浅はか、いえ、単純なんだもの。それにあの子から爵位を継ぎたいなんて、聞いたことがないわ。そんな態度だった覚えもない」

「本人にその気がなくとも、浅はかだというのなら余計に、誰かが唆《そそのか》して、利用しようとするかもしれない」

「そ、そう言われたら、何もかも疑うしかなくなってしまうじゃない」

「何もかも疑うんだ。相手は殺人犯なんだぞ。少しでも怪しい振る舞いをした人間がいないか、よくよく考えてみろ」

たしかにそうすることが、犯人の正体に近づく第一歩なのだろう。

それはわかるし、絶対に犯人をみつけ出すとエディス自身息巻いてはいたはずだが、いざ身近な人を疑わなければならないとなれば、とてもいい気分になどなれっこない。

「家族や友人を疑うのが嫌ならば、その疑いを晴らす気分でやればいい」

俯《うつむ》いてしまったエディスの内心を慮《おもんぱか》ったのか、ヒューゴがそう付け足した。

エディスはその言い分に一応は納得して、頷いてみせる。

「そうしてみるわ。――何だか疲れちゃった。少し、部屋で休むわね。何か用事があったらカリンに言いつけて」

「わかった」

まだ日は高いが、エディスは自室に戻り、ベッドに潜《もぐ》り込んだ。

頭がもやもやするのでひとまず眠ってしまおうと思ったのに、いろいろな人の姿が閉じた瞼《まぶた》の裏に浮かんで、寝つけない。

この家で暮らすようになってから、すんなりと眠りに就《つ》ける夜など、エディスにはなかった。

（そもそも屍体に睡眠って、必要なのかしら）

ふとそんなことを思いついてしまったら、ますます眠れなくなる。

この十日間、寝付きは悪くとも眠ること自体に疑いは持たず、夜は寝ていたから、眠れないということはないのだろうが。

（シャンカール先生が、眠りというのは体と心を休めるために必要なことだと言っていなかったっけ。もう動いていない体でも、心さえ残っていれば、眠くなるものなの？）

いろいろ考え過ぎて、そんなところも気になってくる。

本当は体も動いているのではと思って自分の手首や首筋に触れてみても、生きていればあるはずの脈はない。やっぱりどう考えたって、死んでいる。

（ああ……どうして、こんなことになってしまったのかしら……）

死んだ、ということも悲しいが、殺されたという現実が、エディスの心をより苦しめる。

殺したいほど憎まれていた。邪魔だと思われていた。

自分は他人からそんな強い感情を持たれるような、悪い人間だったのだろうか。

（私、気づかないうちに、殺したいと思われるほどのことをしていたの？）

考えれば考えるほど悲しくなる。

そういう気分になってしまうことはわかりきっているのに、夜になるとどうしても考え込んでしまうのだ。

（それとも、何かの罰なの？　神さまに見捨てられるような……）

悲しい。悲しくて仕方がないのに、涙が出ない。

それがまた悲しいが、無意味に指で頬を擦《こす》っているうち――エディスは段々腹が立ってきた。

（毎日のお祈りは欠かさなかったし、人に意地悪もしなかったわ。争いごとは嫌いだから、なるべく笑っているようにしていた。人を敬《うやま》い、愛し、慈《いつく》しむようにと、大人たちに教えられたことを守っていたのに！）

それでも殺されてしまうというのなら、これ以上どうすればよかったのだと、エディスは叫びたくなる。

（どうして私がこんな気分にならなくちゃいけないのよ！　悪いのは殺した人だわ、理由なんて知らない、たとえ私が悪い人間だからって殺していいわけがない！）

ベッドの中で、エディスはぐっと拳《こぶし》を握りしめる。

（絶対、絶対、犯人を探し出して、よくも私を殺したわねって、滅茶苦茶《めちゃくちゃ》に罵《ののし》って、滅茶苦茶に殴ってやるんだから！）

エディスは改めて、自分にそう誓う。

犯人をああしてやろう、こうしてやろうと考えているうちに、エディスはいつの間にかぐっすり眠り込んでいた。

怒ったまま眠ったせいか、夢の中でも怒り続けて、翌日ずいぶん日が高くなってから目が覚めた時も、エディスはまだ微妙に気分が昂ぶったままだった。

(よし、今日は、少し外に出てみよう)

怒りっぱなしなのも収まりが悪いし、気分転換のために、エディスは街に出てみることにする。怒りすぎて前向きになっていたとも言える。

窓から外を見ると霧雨が降っていたので少し迷うが、こういう天気の方が、いっそ都合がいい気もしたので、思い切って着換えた。

なるべく目立たないよう、薄暗い空に紛《まぎ》れそうな暗い色のドレスを選ぶ。髪と襟元《えりもと》のフリルで顔の輪郭《りんかく》を隠し、子供っぽくなってしまうが、つばの大きなボンネットを被《かぶ》った。これでぱっと見には『ハント家のご令嬢』だと気づかれないだろう。

(前に外に出た時は、周りに怖がられて、酷《ひど》い目に遭《あ》ったものね)

今エディスが暮らしている家から街に出るには、だいぶ距離がある。馬車を呼ぼうか迷ったが、家の前まで来てくれる気もしなかったので、少し歩いて乗合馬車《オムニバス》に乗ることにした。

伯爵令嬢である自分が、庶民の乗合馬車に乗るなんて、少し前までは想像したこともなかった。だがいざ使ってみると、さまざまな階層の人たちと一緒くたに座席に詰め込まれる感じが新鮮で物珍しい。ハント家で暮らしていた頃は自分で金銭を払うことがなかったため、今日も車掌に乗車賃を手渡す時にまごついてしまったけれど、無愛想に座席に座るよう顎《あご》で示された時は、ほっとしたしわくわくした。

（この間は、周りを見る余裕なんて全然なかったけれど）

四日前、愛想《あいそ》のない侍女とあの家に閉じこもっているのに耐えかねて、衝動的に街に向かった。

自分を取り巻く環境が変わったことをどうしても呑み込めず、外に行けば死ぬ前と同じようにすべてが回っているのではないかと、ありもしない希望に縋《すが》って。

（でももう大丈夫、私はちゃんと現実を見ているわ）

貴族が乗合を使うなど、自分の家に馬車を持っていないと宣言しているようなもので、恥ずべきことだ。だから初めてこれに乗った時は身の縮むような思いもしたが、実際今のエディスは馬車など持っていない。それに両親から見放されたのだから、伯爵家の娘とすら名乗れないのだ。ただの庶民。一般市民。日傘ではなく雨傘を手にしているのも恥ずかしくない。

「ねえ、伯爵家の『動く屍体』のこと、聞いた？」

伯爵家の令嬢として傅《かしず》かれることはなくなっても、もう一人でどこへでも行けるのだと考えて少し胸を高鳴らせていたエディスは、ガタガタとひどい揺れや音の中で誰かが囁く声を聞いて、ぎくりとなった。慌てて顔を伏せて俯く。

「やめなよ、昼間から、そんなおっかない話。子供に聞かれたらまたおねしょしちまうよ」

――どう聞いても、自分のことだ。

(新聞も読んでなさそうな市民の奥様の間にまで、噂が広まっているの?)

貴族の間で話題になっていることは簡単に想像がついた。ナヴィンも醜聞《しゅうぶん》だ醜聞だと騒いでいる。

(四日前は、お気に入りのカフェに行く前に、知人に見つかって悲鳴を上げられて、悪霊扱いされて、逃げ出したんだったわ)

その時のことを思い出して、エディスはぎゅっと握った手を震わせた。

そう、それで、ヒューゴと出会ったのだ。

社交界では親しくしていた人たちに怖《おそ》れられ、婦人たちの中には気絶した者もいて、その卒《そっ》倒《とう》すらエディスのせいにされた。たしかに驚かせたという意味ならエディスのせいだっただろうが、悪魔的なまじないを使って魂を奪ったとか、根拠のないことを叫ばれて。

違うの、と言っても耳を貸してもらえなかった。男性がステッキで打ちかかってくるような素振りを見せたのに驚いて、逃げ出して、大通りから人気《ひとけ》のない路地裏に移動したところで転んで、惨《みじ》めで悲しくて泣きたいのに涙が出なくて余計に辛い気持ちでいたら、ヒューゴに声をかけられた。

『おい。通行の邪魔だ』

最初の一言こそ、そんな邪険《じゃけん》なものだったが、ヒューゴはぐしゃぐしゃの顔をしたエディスに驚いて、その場で身の上話を聞いてくれたのだ。

『なるほど。噂に聞く生ける屍となった伯爵令嬢というのが、おまえか』

『噂になっているのね……』

立ち上がる気力もないまま、エディスは路地に座り込んで、項垂《うなだ》れた。

ヒューゴの姿を、エディスは見た覚えがない。めずらしい風貌《ふうぼう》だから、どこかで会えば絶対に覚えている。だから少なくともこの国の貴族ではないだろうに、そんな人にまで自分の身上《しんじょう》を知られているということに、途方に暮れた。

『俺は旅の途中で、この国にはつい最近入ったばかりなんだ。だから新聞をいくつか読み漁《あさ》ったが、おおむねその話ばかり書き立てられていたぞ』

『旅の人……どこからいらしたの？』

『あちこち巡っていて、これという故郷はない』

そのうえ文無しなのだと、ヒューゴは言った。旅をしながら仕事をするつもりが、あてにしていた報酬を依頼人から払ってもらえず、路銀《ろぎん》が尽きてしまったのだと。

『仕事って、何をなさっているの？』

訊ねたエディスに答えず、ヒューゴは手にしていた旅行鞄を開くと、そこから取り出した何かを掌《てのひら》に載せてエディスに差し出した。

『まあ……可愛い小鳥！　そんなふうに鞄の中にしまっていて、大丈夫なの？』

ヒューゴの掌に載せられていたのは、白いカナリアだった。毛並みがよく、囀《さえず》りもせず怯《おび》えた様子も見せず、おとなしくヒューゴの手の上で小首を傾《かし》げている。

『剝製《はくせい》だぞ』

『……!?』

驚いて、エディスは咄嗟《とっさ》にカナリアから身を引いてしまった。

『し、屍体？』

『あんたと同じだな』

ヒューゴが真顔で言ったので、皮肉を言ったのか、それとも冗談のつもりだったのか、エディスには判別がつかなかった。

『ひどいわ、そんな言い方』

『何がひどい？　剝製は美しいものだろう？』

批難するエディスに、ヒューゴは首を傾げた。皮肉でも冗談でもなく、褒《ほ》め言葉のつもりだったらしい。変わった人だ、とエディスは呆れたが、しかしそういう人だから、噂の『伯爵令嬢の生ける屍』を目の前にして、怯《おび》えたり嫌悪する様子もないのだろう。

事情を知っていても泣き叫んだりしない人に出会えたことで、エディスの気分が、少しだけ落ち着いた。

『剝製を作る職人なら、工房を構えているものじゃないの?』

『地元では大きな工房に取られて、なかなか仕事がないんだ』

それで仕事を求めてあちこち彷徨《さまよ》い始めたが、うまくいかず、今は一文無しということらしい。

『私が死んでいなかったら、お父様や狩りをする友人に紹介してあげられるんだけど』

屍体である自分が、屍体を剝製にする職人を紹介すれば、人々はさらに怯えてしまうだろう。

そんなことを考えたら、エディスは笑えてきてしまった。

『ずいぶん荒《すさ》んだ顔をしているな。まあ、無理もないか』

ヒューゴの口調が同情気味になったので、エディスは慌てて半笑いの表情を引き締めた。

『――ひとつ、提案なんだが』

ぱちぱちと軽く自分の頰を叩くエディスに向けて、ヒューゴが今度は生真面目《きまじめ》な口調になって言う。エディスは彼を見上げた。

『おまえは、自分を殺した犯人を恨みに思っているか?』

『それは、当然よ。死んだあとに目を覚ましてしまってからずっと、誰のせいで自分がこんな目に遭わなくちゃならなかったのかって、考えない日はないわ。私がこんなに悲しい気分を味わっている間、犯人は誰に責められもせず、もしかしたら良心の呵責《かしゃく》すらも感じず、のうのうといつもどおり暮らしているんじゃないかって想像するだけで、金切り声を上げたくなるくらいだわ』

『なら、犯人探しを、俺が手伝ってやろう』

『え？』

ヒューゴの申し出があまりに意外すぎて、エディスは大きく目を瞠った。

『どうして？　あなたと私は縁もゆかりもないのに……』

『有《あ》り体《てい》に言って同情だ。あんまりにもおまえが惨《みじ》めで気の毒な様子なので、見過ごせない』

同情だと断言されて、エディスは感謝していいのか、それとも余計なお世話よと突っぱねた方がいいのか、混乱してしまった。

『その代わり、条件がある』

だからヒューゴがそう続けた時は、むしろ安堵した。見返りもなく人が親切にしてくれるとエディスが信じられていたのは、死んで家を追い出され、婚約破棄されるまでの、無邪気で幸せな時代までだ。

『宿と食べ物を都合してくれないか。この街で俺の姿は目立ち過ぎるようで、安宿にすら断られて、ここ数日屋根のあるところで寝ていないんだ』

『まあ』

どうりで、ヒューゴの服の仕立てはそう悪くないのに、どこか薄汚れた感じがしているわけだ。

エディスはヒューゴの申し出を受け入れた。

『両親は会ってもくれないし、弟は私の荷物を運んでくれたりはするけど逃げるように去ってしまうし、新しい侍女は私が殺されたことについて何も知らないというし、お医者様も犯人まではわからないというし、警察は頼りにならないし、親友すら家を訪れることも手紙一通届くこともないし、誰にも相談できなくて、私、とても辛かったの』

犯人探しを手伝ってもらえるということより、誰にも言えない心情を吐き出す相手ができたことの方が、エディスにとっては大きな喜びになった。

（本当に、あの日ヒューゴに出会えて、よかった……）

昨日になってアイミアが、それにステイシーまで家を訪れてくれたが、自分が殺されたと知ってからの日々は世界のすべてから見放されたようだった。

（カフェで、ヒューゴ用の新しい茶葉を買っていってあげよう。カリンったら私の出がらしでばかりお茶を淹れるんだもの、今度からはこれを使いなさいって渡しておかないと）

オムニバスが街に着き、エディスは人に押されながら地面に降り立ち、雨避《よ》けに傘を開いた。目当てのカフェまでは少し歩かなくてはならない。ハント家の馬車があれば店の前までつけてもらえるし、傘は侍女が持ってくれる。だから自身が雨傘を持つなんて、貴族としては屈辱的なことのはずだったが、今のエディスにとっては周囲から顔を隠せるから、願ってもない雨だ。

（……雨……こんな、霧みたいな）

ドレスの裾《すそ》を泥で汚さないよう気をつけて歩きながら、エディスはそっと雨空を見上げた。既視感《きしかん》。あの日、殺された日に、たしかにこうして雨空を見上げた覚えがある。

（でも、思い出せるのはそれだけ）

森で発見された時、エディスの髪やドレスは細い雨のせいでしっとりと濡れていたという。

『だけど血を流していたわけでも、手脚や首が変な方向に曲がっていたわけでもないから、君を発見した森番は、てっきりおかしなご令嬢が昼寝でもしていると思ったそうだよ、エディス』

そう話したのはシャンカールだ。

自分の遺体が森で発見された、と知った時は、よほど誰かの恨みを買って、打ち棄《す》てられたような印象があったのだが。改めて医師から遺体発見時の様子を聞くと、それとも違う感じがする。

考えを巡らせているうちに、目当てのカフェについた。紅茶はもちろん、季節ごとの新作ケーキがいつも絶品で、よくアイミアと一緒に訪れてはお喋《しゃべ》りを楽しんだ。

自分だと気づかれないうちに、テーブルの並ぶテラスではなく、茶葉の量《はか》り売りをしているカウンターの方へ行こう。そう思って、店の戸をくぐると、そそくさとカウンターの前に進んだ。

しかし、

「きゃあ！」

カウンターの向こうの販売係は、すぐにエディスに気づくと、鋭い悲鳴を上げて、仰《の》け反《ぞ》るように後退《あとずさ》った。壁際に並んだ紅茶缶が、彼女の背に当たり、大きな音を立てて床に落ちる。茶葉が無残に散らばる様子を、エディスは呆然と見守ってしまった。

「どうした、騒がしいぞ」

悲鳴と大きな音を聞きつけた男性の給仕が姿を見せ、咎めるように言う。床にへたり込んだ販売係が、震える指でエディスをさした。

「っ、生ける屍……」

さすがに男性の給仕係は腰を抜かすような真似はしなかったが、真っ青な顔で脂汗《あぶらあせ》を垂らしながら、銀盆《ぎんぼん》を盾《たて》のようにかざしつつ、エディスの方を向いた。

「……失礼ですが、お嬢様。ここはお嬢様のような方がおいでになる場所では、ございませんので……」

気づけば、他の店員や、客たち、通りすがりの人たちまでが、エディスを遠巻きにしていた。口々に、「ハント家の……」「生ける屍が……」「神父を呼んだ方がいいんじゃないか」「いや、警察か?」と怖ろしそうに、あるいは迷惑なものを見るように眉をひそめ、そばにいる人たちと囁き合っている。

「紅茶の茶葉を、いただけるかしら」

エディスは精一杯声を張ったつもりだったが、掠《かす》れてしまい、大した音にならなかった。

その小声にすら怯えた様子で誰かが悲鳴を上げ、エディスはエディスで、その悲鳴に身を竦ませる。

(来るべきじゃ、なかったのかしら)

家にこもっていれば気分が塞《ふさ》ぐばかり。何も後ろめたいことなんてないのだから、堂々といつも通りに街に出ればいい。そう決めた勇気は、間違いだったのか。

かといって逃げ出すのも悔しくて、そもそも人目に晒《さら》されたせいで足が竦んでしまって、一歩も動けない。

どうしていいのかわからずエディスが立ち尽くしていると、誰かが、人垣を掻《か》き分けて近づいてきた。

「彼女は注文をしているんだ。聞こえなかったか?」

凛《りん》とした、よく通る声。聞き覚えのある、まだ大人にはなりきらない、かといって少年と言うには深い声。

エディスはぎこちなく俯けていた顔を上げ、そして、大きく目を瞠った。

鳶色《とびいろ》の髪、青い瞳。すらりとして丈高《たけだか》く、彼をみつめるご婦人たちが、エディスに対する怯えも忘れてみとれるくらいの、端整な顔立ち。

「――ウィルフレッド……」

「どの葉が欲しいんだ」

突然現れた元婚約者に驚きすぎて、その名を呟くことしかできなかったエディスは、強い調子で問われて少し我に返った。欲しかった茶葉の銘柄を告げると、ウィルフレッドは腰を抜かしっぱなしの販売係にそれを売るよう指示する。

ウィルフレッドを追い払うことはできないようで、給仕係たちも、戸惑った様子ながら何も言わなかった。

何とか指定の茶葉を販売係が量り、袋詰めしたものを、ウィルフレッドが受け取る。

「……」

ウィルフレッドは無言で紅茶入りの紙袋をエディスに差し出してくる。

「あ……ありがとう……」

エディスが受け取って礼を言うが、ウィルフレッドはそれには答えず、再び人垣を掻き分けて店の外に出て行った。

「あっ、お金！」

紅茶の代金は、ウィルフレッドが払ってしまった。それに思い至って駆け出すと、人垣が慌てたように割れ、エディスは難なく店を出ることができた。

「待って、ウィルフレッド！」

ウィルフレッドは傘も差さずに通りを歩いている。エディスも濡れたまま、それを追いかけた。

声は聞こえているだろうにウィルフレッドは振り向かず、エディスは必死に走って、その袖を摑んだ。

「待ってったら。お金をお支払いするわ」

ウィルフレッドはようやく立ち止まって振り返った。だが自分を見下ろす瞳があまりに冷淡なので、エディスは戸惑ってしまう。

「さっきは……本当に、ありがとう」

鞄からコインを入れた巾着《きんちゃく》を取り出し、中を探る。こんな往来《おうらい》で金銭のやり取りなど見苦しいが、婚約破棄された相手に奢《おご》られるのもおかしな話だし、それに、屈辱的だ。

「別に、君を助けたつもりはない」

ウィルフレッドの口振りは、表情以上に冷たくて、素っ気なかった。

「店や街の人間が差別的な振る舞いをすることが許し難《がた》かっただけだ。相手が下層階級の人間や異国の人間であっても、僕は同じように行動した」

さすが、判事の息子だからか、潔癖だ。

「……そう。でも、私が助かったのは本当だから」

エディスは取り出したコインをウィルフレッドに差し出す。ウィルフレッドは微《かす》かに目を細め、「多すぎる」とだけ言った。これまで自分で買い物をしたことのないエディスは、世間知らずを責められた気がして恥ずかしくなった。

「金銭はいい。それよりも、僕に話しかけないでくれ」

吐き捨てるように言われ、エディスは巾着を握りしめた。

いくら親同士が決めたとはいえ、一時は結婚の約束をした相手に、あまりに冷たい態度だ。助けてくれたのは嬉しかったが、嬉しいと思ってしまった自分がエディスには悔しい。

「そう、そうね、あなたも、『生ける屍』が元婚約者なんて、嫌な噂を立てられているでしょうね。私が謝る筋合いじゃないから謝らないけれど、ご愁傷様《しゅうしょうさま》」

精一杯皮肉を言ったエディスに、ウィルフレッドが驚いたように目を瞠った。

ウィルフレッドが動揺するのも無理はない。エディスはおとなしい、引っ込み思案の少女で、男の子が苦手だった。父や兄弟と話す時ですらまごついてしまうし、社交界で出会う同じ年頃の少年となど、まともに目を合わせるのも難しかったくらいだった。

だから婚約者とはいえ、ウィルフレッドと二人きりで出かけることなど、数えるほどしかなかった。周りに勧められて、二人で夜会やオペラ座を訪れる時も、ウィルフレッドよりもそこで顔を合わせた他の令嬢たちと話をしてばかりいたのだ。

「ご心配なさらなくても、愛情もない相手を追いかけて縋るような無様は晒しません。助けてくださったことにはお礼を言います、判事の息子としての世間体《せけんてい》が理由だとしても、どうもありがとう。死人からのお金なんて受け取りたくないでしょうから、紅茶はこのままいただいていきます」

我ながら、よくもこうまで皮肉に満ちた言葉を口に出来るものだわと感心しながらも、エディスはできうる限り毅然《きぜん》とした態度をウィルフレッドに向けようと頑張った。話しかけるなとまで言われて、泣いて逃げ去るなんて、絶対にしたくない。

ウィルフレッドは何か信じがたいものを見るような顔でエディスを見ている。それでエディスは少しすっきりして、ウィルフレッドに向けて微笑んだ。

「それでは、ごきげんよう」

踵《きびす》を返し、ウィルフレッドに背を向ける。

そのまま乗合馬車の待合いに戻ろうと歩き出したエディスは、強く腕を掴まれ、驚いて振り返った。

「っ、何……」

「――なぜおまえが生きている」

振り返った先に、表情を失くしたウィルフレッドの顔があった。

「え……」

「おまえがここにいていいはずがない」

低い、低い声。ウィルフレッドはじっとエディスの瞳を覗き込み、囁くように言葉を続ける。

エディスは自分が何を言われているのかわからず、ただ相手の様子の怖ろしさに身を竦めることしかできない。

ウィルフレッドがエディスの腕を掴んだまま、さらに身を寄せ、耳許《みみもと》に唇を近づけた。

「消え失せろ、魔女め」

「……ッ」

エディスが相手の手を振り払って後退るより早く、ウィルフレッドが乱暴にエディスの腕から手を離し、身を翻《ひるがえ》した。

強く掴まれた腕を反対の腕で押さえながら、エディスは身動きも取れずにいた。

3

自分がどうやって家に戻ったのか、エディスは覚えていなかった。

気づいた時には目の前にカリンがいて、広間に押し込まれ、渋い顔で濡れそぼった髪や顔を執念深く拭《ふ》かれた。

そうされながら、エディスは延々とウィルフレッドの言葉を思い出していた。

『なぜおまえが生きている』

低く囁いたウィルフレッドの声は、エディスに向けてたしかにそう言った。

（そんなの、私が知りたいこと……だけど……）

問われて不思議ではない台詞《セリフ》ではあるのだが、エディスにはどうしても、ウィルフレッドの言葉が腑《ふ》に落ちなかった。

（今日になって初めて、私が屍のまま生き返ったことを知ったわけでもないでしょうに）

生き返った後で、婚約破棄されたのだ。死んだはずのエディスを街で見かけて驚いたというふうではなかった。

『おまえがここにいていいはずがない』

死んだはずの娘が、堂々と街中を歩いていいはずがない。

糾弾《きゅうだん》されることが、当人としては心外であるが、そう言いたくなる気持ちはわからなくはない。少なくとも、頭では。

(何か……何かひどく、ひっかかるわ)

カリンによって髪を乾かされ、乾いた服に着替えたあとも、エディスは寒気が収まらない。寒さなんて感じないはずなのに、震えが止まらなかった。

『──消え失せろ、魔女め』

そう言い捨てたウィルフレッドの言葉には、冷淡というだけではない感情が込められていた。

敵意、嫌悪──憎悪。

(嫌味で言ってしまったけれど、もしかしたら本当に『生ける屍《リビング・デッド》』なんかを婚約者にしていたせいで、社交界で爪弾《つまはじ》きになっている……とか?)

だとしたら、その元凶たるエディスを恨むのも無理はない。

(……けど、ウィルフレッドは、あまり社交界に興味がなかったはずだわ)

アイミアも言っていたとおりだ。他の、野心ある貴族がそうするように、人脈を作ろうと熱心になる姿を見た覚えがない。

愛想がないというほどではなく、如在《じょさい》ない人付き合いはしていたが、必要最低限のところに留めていたようにも見えた。

『おまえがここにいていいはずがない』

ウィルフレッドの言葉が、ぐるぐると何度もエディスの頭の中をめぐる。

（それは……私が死んだことを、確信している人の言葉ではないの？）

たとえばアイミアはあくまでエディスが死の淵《ふち》から蘇《よみがえ》ったと信じている。だからエディスが今も動き回っていることを、純粋に喜んでいる。エディスの『生』を目《ま》の当たりにして、『死』が誤《あやま》りだと理解したのだ。

だがウィルフレッドは、『生』を否定するようなことを口にした。

だとしたら、ウィルフレッドはエディスが確実に死んだと、知っていたのではないのか。

「……」

エディスは大きく身震いした。

（ウィルフレッドが私を殺した可能性も、あるのかしら――）

◇◇◇

「そうねえ、ウィルフレッドはきちんとあなたのことをエスコートしていたけど、どこか、他人行儀のようにも見えていたわ。あなたたちが婚約を解消した今だから言えるけれど」

ウィルフレッドと街で会った翌日、再びアイミアが家を訪れてくれたので、エディスは元婚約者について彼女に訊ねてみた。

ウィルフレッドが自分をどう思っていたか、ということをそれとなく。

「いかにも義務を果たしています、という感じで、でもそういうカップルも珍しくないでしょう？　私たちは、どうやったって自分の好きな人と簡単に結ばれるような立場ではないもの」

そう言って、アイミアが小さく溜息を吐く。彼女にはまだ正式な婚約者はいないが、すでに両親がいくつか候補を見繕《みつくろ》っているのだという話を、以前聞いた。年頃の貴族の娘は、大抵親の都合で決めた結婚相手の候補がいるものだ。

「だから礼儀には適《かな》う程度に、きちんと振る舞っていたと思うわ。――ウィルフレッドが、どうかしたの？」

「ええと……昨日たまたま、会って」

ウィルフレッドに言われたことをアイミアに告げてみるか迷ったが、エディスは黙っていることにした。優しいアイミアは、きっと彼がエディスに冷たい言葉を投げかけたと知れば、我がことのように傷ついてしまうだろう。また寝込むようなことがあっては、申し訳ない。

「婚約破棄されたのに、親切にしてもらったから、不思議だなと思ったの」

これはこれで、嘘ではない。ウィルフレッドがエディスを店や街の人たちの残酷な仕打ちから助けてくれたのも、また事実ではあるのだ。

「じゃあもしかしたら、婚約破棄はウィルフレッドのお父様の意思なのかもしれないわね。今度社交界で顔を合わせた時に、笑顔でご挨拶《あいさつ》ができるようになれば嬉しいわよね」

笑うアイミアに、エディスも微笑み返したが、口許《くちもと》辺りが引き攣《つ》ってしまったかもしれない。

（昨日のあの雰囲気で、ウィルフレッドとまた顔を合わせた時に、笑顔で挨拶なんてできる気がしないわ）

ウィルフレッドはきっとまた冷淡な眼差しを向け、憎しみに満ちた言葉を投げつけてくる予感がする。

（それに……私が社交界に戻れる日なんて、来るのかしら……）

エディスが目を伏せて微かな溜息をついた時、ソファの向かいに座っていたはずのアイミアが急に立ち上がり、エディスの方に駆け寄ってきた。

「アイミア？」

アイミアは強張った顔で跪《ひざまず》き、エディスの両手をきつく握りしめてきた。

「どうしたの、どこか、お加減でも悪いの？　顔が真っ青よ、アイミア」

「エディスこそ、そんなに悲しい顔をして、溜息なんてつかないで」

どうやらアイミアは、エディスが昨日街の人々から受けた仕打ちを思い出して溜息を吐く様子を見て、驚いたらしい。喰い入るようにエディスをみつめる瞳から、みるみる涙が盛り上がってきた。

「急に、怖くなってしまったの。あなたが、どこかに、消えてしまう気がして……」

縋《すが》るように自分の膝に泣き顔を伏せるアイミアを見て、エディスも感極まってしまった。

アイミアは、本当に優しく、何ていい子なのだろう。やはりウィルフレッドのことは言わなくて正解だった。街の人たちの反応も。

「ごめんなさい、昨日街に出た疲れが少し出てしまっただけなの。もう大丈夫だから、ほら、顔を上げて。新しい紅茶をカリンに淹《い》れてもらいましょう」

「そうね……私こそごめんなさい、泣いたりして。病み上がりのエディスを元気づけるためにお見舞いに来たのに、駄目ね」

「ううん、アイミアといると嬉しいし、元気になるわ。ありがとう」

心を籠めて、エディスはアイミアに告げた。アイミアがそっとハンカチで涙を拭《ぬぐ》い、顔を上げて笑ってくれたので、無性にほっとする。

アイミアに言ったとおりカリンにお茶を淹れ直してもらい、エディスはアイミアと寄り添うようにソファに並んでティーカップを口に運んだ。

紅茶を飲むふりはするが、実際のところはその湯気で唇を湿《しめ》すだけで、飲みはしない。

向かいから隣に移ってきたアイミアは、それに気づいてしまったようだ。

「エディス、お茶がすすまないわね。クッキーとケーキも、私ばかり食べているし。たしか、この間もそうだったわ」

エディスはぎくりとした。食べる必要がないし、食べるとどうなるかわからなくて怖いのだ、ということも、アイミアにはとても言えない。

「あの、実は、シャンカール先生から当分薬湯《やくとう》以外のものを口にしないように言われているの。まだ体が本調子ではないから……」

「まあ！　それじゃあ、私が気にしないように、食べるふりをしてくれていたの？　エディスったら、優しい子ね。でも私の前で気なんて遣わないで、私たち親友でしょう？　秘密を作られたら、寂しくなってしまうわ」

アイミアの言葉が、罪悪感となってちくちくとエディスの胸を刺す。

すべてをこの大切な友人に明かせたらいいのに、と思いはするけれど。

『いいか。おまえが自分を殺した犯人を探っているということは、俺以外の誰にも言うなよ。おまえの親友とやらにもだ』

今日アイミアがここを訪れる前に顔を合わせたヒューゴから、そう言われていた。

『少しでもそういう素振りを見せれば、犯人は尻尾《しっぽ》を隠してしまうかもしれない。おそらく犯人は、自分が殺したはずのおまえが生き返ったことに驚いて、それこそ様子を探ろうとしているはずだ。おまえに殺された時の記憶があるかどうかもわからないだろうからな。最悪、世間に自分の正体がばれる前に、もう一度おまえを殺そうとするかもしれない』

ヒューゴの言葉はもっともだった。その可能性にちっとも気づかなかった自分の呑気《のんき》さがエディスには怖ろしい。

（アイミアがここに来ているって知れば、犯人は彼女に探りを入れる可能性があるわよね。不必要なことを、言わないようにしなくっちゃ……）

親友を巻き込むわけにはいかない。犯人がなぜ自分を殺したのか、その理由すらわからない状況で、アイミアにまで魔の手が及んだらと想像するだけで、エディスは怖ろしくて仕方がなかった。

エディスの怯えを感じ取ったのか、アイミアもさらに体を寄せてきて、ぎゅっとエディスの腕に抱きつくような仕種をしている。

姉のように頼りがいのある彼女がそんな様子を見せるのが初めてで、エディスはどれだけ彼女を不安にさせてしまっているのだろうかと、悲しくなった。

その悲しみを打ち破ったのは、カリンの声だ。

「お嬢様。マーティン侯爵のご令嬢から、お届け物です」

「え？　ステイシーから？」

カリンが促《うなが》すので、何だろう、と思って広間を出る。アイミアもついてきた。

「まあ、立派なお花！」

玄関ホールへ向かう廊下の途中で、アイミアが驚きの声を上げた。たしかに立派すぎるほどの大きな花束が、花屋の缶にこれでもかと差し込まれている。開いた玄関ドアの向こうから、逃げるように去っていく馬車の音が聞こえた。配達人が届けるだけ届けて逃げ去って、カリン一人では花を動かすことができず、ひとまず主人を呼んだのだろう。

「カードもいただきました」

カリンから手渡されたカードには、『花の香りであなたのおうちが満たされますように』と書かれている。エディスはサッと青くなった。

「ア、ア、アイミア、私、何か、匂う？」

「え？　いいえ、いつもの優しい香水の香りがするわ、いつもよりは少し強いかしら」

何しろエディスは、屍体《したい》だ。それを自覚して以降、エディスが最も怖《おそ》れているのが腐臭《ふしゅう》だった。嗅覚《きゅうかく》がなくなってしまって、自分ではわからないから、少しでもおかしな臭いがしたら教えてくれるようカリンには頼んでいる。今のところカリンは何も言わないが、怖くなって、お気に入りの香水を死ぬ前よりワンプッシュ増やしていた。

ステイシーがまさか純粋な好意で花を贈ってくれるとは思えないので、他意があるに決まっている。

もう一度カードを見ると、小さな文字で続きがあった。

『別にまだ腐った臭いはしないから、香水の匂いはお控えなさいな』

「……」

エディスはぐしゃりとカードをひねり潰《つぶ》したい気分を、どうにか堪《こら》えた。

（本当に、ステイシーったら、何て意地悪なの！）

エディスが屍体のままだということは、シャンカールのせいで世に広まってしまった。年頃の娘が外見と同じくらい気にするのが臭いであると承知のうえで、からかっているのだ。

（しかも何よ、真っ赤な薔薇《ばら》！　自分の代名詞をこれでもかって送りつけるなんて……）

「見て、エディス、この白百合《しらゆり》の花の根元が少しグレーがかっていて、まるで銀色に見えるわ。きっとあなたのことね」

憤《いきどお》っていたエディスは、その真紅の薔薇に隠れて百合の花もあることに、アイミアの指摘でようやく気づいた。

「ねえ、このお花、家中に飾りましょう。実はこの間初めてここにお邪魔した時、お花がなくて少しだけ寂しいなって気になっていたのよ。あとで届けさせるつもりだったけれど、ステイシーに先を越されちゃったわね」

たしかに家にあるものは最低限の調度品だけで、エディスは花を飾るような心の余裕はなかったし、カリンも気を利かせて花を買ってくるような侍女ではなかったから、家の中が少々殺《さっ》風景《ぷうけい》だったかもしれない。

アイミアに言われて、エディスはステイシーから贈られた花を家のあちこちに飾った。

そうすると急に部屋が華やいで、少し心が浮き立ってきたので、自分がこの半月近くどれほど暗い気分で過ごしていたかにようやく思い至る。

（お礼のカードを書かなくちゃね）

いちいちひねくれたカードをつけてくるところはやはり意地悪だと思うが、エディスはステイシーに対して素直に感謝する気になった。

（噂の伯爵令嬢からのカードを届けてくれる人がいるかはわからないけどね）

いざとなったら、嫌味のお礼に自分自身が届けてあげよう。ステイシーは困るか、怒るか、平然と受け取るか。想像して、エディスはまた少し気持ちが明るくなった。

◇◇◇

アイミアは翌日もエディスの許《もと》を訪れてくれた。

「もう少しよ、この道を行くと、すぐだから」

楽しげにそう言って、アイミアが箱馬車の窓から道の先を指す。

昨日ステイシーに先を越されたのが悔しいのと言って、今日はジュソー家の持つ植物園に案内してくれるのだ。

（よく馬車を出したり、花園に私を入れる気になったわね、ジュソー家は）

きっとアイミアが説得してくれたか、馭者《ぎょしゃ》や園丁《えんてい》の給金をはずむかしたのだろう。

植物園は街の中心から外れているが、ジュソー家の娘が散歩に行きたくなれば、すぐ行けるような距離にある。エディスもアイミアに誘われて何度も行ったことのある場所だった。日頃は市民にも開放しているが、アイミアたちが訪れる時は門を閉めて、誰も入れないようにする。おそらくアイミアは、エディスが他人の目を気にすることなく気晴らしができるよう気を回してくれたに違いない。

アイミアの侍女はおらず、エディスもカリンを家で待たせておいたから、楽しい午後をふたりきりでのんびりと過ごすことができた。

「ありがとうアイミア、とっても楽しかったわ」

数時間、たっぷりと植物や花の観賞とおしゃべりを楽しみ、エディスは親友の心遣いに感謝しながら、名残惜《なごりお》しい気分で植物園の出口に向かった。

「私もよ、ここに来たかったら、いつでも声をかけてね」

植物園の門を出たすぐのところに、ジュソー家の馬車を待たせている。エディスは再びそれにアイミアと共に乗り込んだ。帰りもエディスの家まで送ってもらう約束だ。

「そうだわ、少し寄り道をしてもいい？　これから人と約束があって、お土産を買っていきたいの」

アイミアがそう言うので、途中で街中の店に寄ることにした。

その帰りの馬車でも楽しくおしゃべりをしたが、突然馬の悲鳴のような嘶《いなな》きと共に大きな音を立てて揺れ、馬車が止まったので、エディスたちはひどく驚いた。

「どうしたの？」

アイミアが小窓から顔を出し、馭者に訊ねる。

「申し訳ございません、お嬢様、道が悪いせいで車輪の軸《じく》が歪《ゆが》んでしまった上に、馬も脚を痛めたようで……代わりの馬車をすぐに手配いたしますから、少しお待ちいただけますか」

「困ったわ、約束の時間のぎりぎりまで遊んでしまったから、間に合うかしら」

これから馭者が走ってジュソー家に向かうなり、途中で使者を頼むなりして、また馬車の支度をしてここまで戻ってくるには、結構な時間がかかるだろう。

すっかり悪評の立ってしまったエディスはともかく、アイミアのようなご令嬢が乗合馬車や辻馬車に乗るわけにもいかない。

「ちょっと馬と車の様子を詳しく見てみます、本当に申し訳ありませんが、しばらくお待ちを」

馭者がひどく恐縮した様子で言う。エディスは彼を怯《おび》えさせないよう大人しくしていた。

「ごめんなさいね、エディス、あなたまで時間を取らせてしまって」

「私は大丈夫だけど、アイミアは急いでいるんでしょう？」

ああ、こりゃいかんなと、馭者の大きな独り言が聞こえる。すぐに走り出せる状態ではないようだ。

立ち往生《おうじょう》していると、背後から別の馬車の音が聞こえて、それがエディスたちの乗る馬車の隣で停まった。

「どうかしましたか？」

その馬車の馭者が、アイミアの家の馭者に声を掛けている。

「これはいけませんな、亀裂《きれつ》も入ってしまっているから、このまま走らせたら危ない」

「そもそも車輪も回りませんから、往生しておりまして……」

アイミアが好奇心に駆られたのか、馬車の小窓からそっと外を覗いた。

かと思ったら、驚いたように窓のカーテンを閉めたので、エディスは首を傾げた。

「アイミア、どうかして？」

「——ウィルフレッドだわ」

「え……？」

エディスも驚いて、そっとカーテンの隙間から隣に停まる馬車を覗く。

無蓋《むがい》の二輪馬車の座席には、確かにウィルフレッドの姿があった。

「ウィルフレッドもこのあたりに用事だったのかしら……」

アイミアはエディスを気遣っているのか、ウィルフレッドに挨拶することもなく、窓のカーテンを閉め切ったままだ。

「たまたま通りがかってくれて、助かったわね。新しい馬車を呼んでくれるかもしれないわ」

エディスが努めて気にしていないというふうに明るく言うが、アイミアはなぜか表情を曇《くも》らせていた。

「……何だか、見張られているみたい」

アイミアのそんな呟きに、エディスは動揺してしまう。

「見張られている？」

「最近、よくウィルフレッドの姿をみかけるのよ。前はこんなことなかったのに」

「でも社交の場には出てこないって、ステイシーが言っていなかった？」

「ええ、だから、変だわと思って。たとえばどなたかのお屋敷のお茶会でも、劇場でも、カフェでもなくて……昨日もエディスのおうちに伺う途中でウィルフレッドを見たわ。今日もこんなところで」

「……」

それはたしかに、アイミアが『見張られている』と感じても無理はない。

（アイミアじゃなくて、私を見張っているんじゃないかしら）

エディスはそう疑った。アイミアが頻繁《ひんぱん》にエディスの許を訪れることを知って、それをつけ回しているのではないか。

（でも、何のために？）

「お嬢様、失礼いたします」

馬車の外から声がかかり、エディスとアイミアは一緒になってびくりと震えてしまった。

「スワート家の方から、お急ぎで困っているのであれば、馬車をお貸し下さるとのお申し出があったのですが」

「えっ」

エディスとアイミアは顔を見合わせた。

「お嬢様をお送りしてから、私が新しい馬車を支度してここに戻ります。ただ……スワート様の馬車は、お一人用で」

「そんな、それでは、困るわ」

アイミアがエディスを見て言う。だが、長年の付き合いで、アイミアが待ち合わせを気にしていることも、エディスにはわかってしまった。

「いいわ、私は大丈夫だから、アイミアはウィルフレッドの馬車に乗って」

「でも」

「別に喧嘩別れした婚約者じゃないもの、ウィルフレッドがご厚意《こうい》で声をかけてくださったのなら、私は彼と一緒に新しい馬車を待つわ」

微笑んでアイミアに告げつつ、エディスは実のところ、アイミアを見送ったあとは辻馬車か乗合馬車の停留所を探すつもりだった。きっとアイミアの家の馭者も、その方が嬉しいだろうし。

「……大丈夫？」

アイミアはそれでも不安そうだった。エディスは大きく頷いてみせる。

「見張られてるなんて、考え過ぎよ。ほら急いで、きっと大事な約束なんでしょう？」

少し悩む様子だったが、アイミアはこくりと頷いた。

「本当にごめんなさいね。なかなか約束の取れない相手なの、決して、エディスより大事な相手ではないんだけれど……」

エディスを気懸かりそうにしながらも、アイミアが馬車を降りていく。駁者やウィルフレッドと言葉を交わすのが聞こえた。

「エディス、また明日伺うわ」

そう言い残して、アイミアが馬車で去っていく。

エディスはひとつ大きな溜息をつくと、自分も馬車から降りた。

外ではウィルフレッドが不機嫌そうな顔で横を向いて立っていた。

「ごきげんよう、ウィルフレッド」

相手と同じように無視するのは癪《しゃく》なので、エディスはできうる限り優雅で明るい態度でウィルフレッドに挨拶してから、自分の家のある方へ向けて歩き出す。今日も空には雨雲がかかっているが、まだ降り出していないのは幸いだった。

「待てよ。どこに行くんだ」

怪訝《けげん》そうなウィルフレッドの声が背後から届いた。

「見てのとおり、家に帰るのよ」

「ジュソー家の馭者が、新しい馬車を連れて帰ると言っただろう」

「でもあなただって、私と二人きりで馬車を待つのは気まずいでしょう?」

エディスは早足で歩いているつもりだが、ヒールにドレスの少女の速度など、背が高く脚も長いウィルフレッドに敵《かな》うはずもない。相手はやすやすとエディスの隣に並んだ。

「ここから君の家まではまだずいぶんあるぞ」

「お構いなく、こう見えても健脚《けんきゃく》ですから。遠乗りで鍛《きた》えていたわ」

突慳貪《つっけんどん》に答えながらも、エディスは緊張していた。

(私の今の家、当然のように知っているのね)

さすがにエディスがハント家から追い出された先までは、新聞に載っていなかったはずだが。

もう噂になっているのだろうか。

(それとも——本当に私を見張っているの?)

この間ウィルフレッドとカフェで会ったのも、今ここで会ったのも、都合がよすぎる気もしてくる。

何しろ婚約破棄される前は、街中で彼と偶然出会うことなんて、一度もなかったはずなのだから。

「……今の君は、以前の君とは違うだろう」

ウィルフレッドの低い声が耳に届いて、エディスは思わず足を止めた。

振り返ると、ウィルフレッドも立ち止まってじっとエディスを見ている。

「あまり気軽に外を歩き回るんじゃない。馬車が来るまで、おとなしくジュソーの馬車の中で待っていろよ」

偉そうなウィルフレッドの言葉に、エディスはむっとした。

「街の人が私を見て怯えようが、あなたが不愉快に思おうが、私の責任ではないし私の知ったことでもないわ。私には好きに外を歩く権利くらいあるはずよ、体は死んでいたって、書類の上ではまだこの国で生きている人間だもの」

「君は殺されたんだぞ」

自分で『体は死んでいた』と口にしておきながら、ウィルフレッドの口から『殺された』という言葉を聞いて、エディスは急に怖ろしくなった。

「そ、そうよ、だけどそれは、私のせいではなくて」

「噂だけではなく、本当にそうやって歩いている姿を見られれば、また殺されるかもしれない」

「――」

ウィルフレッドはにこりともせず、怖ろしい台詞を続ける。

「君の存在を邪魔だと思っている人間がいるんだ。それを肝《きも》に銘《めい》じた方がいい」

エディスはますますぞっとする。

ヒューゴにも同じことを言われた覚えがあるが、それよりも、ウィルフレッドに言われる方が、なぜか何倍も怖ろしく、何十倍も不安になった。

「……たとえば、あなたのように？」

一昨日、明らかにウィルフレッドはエディスの存在を邪魔だと態度で語っていた。怯《ひる》んだところを見せたくなくて、平気なふりでエディスがそう訊ねると、ウィルフレッドの口許《くちもと》がふと歪む。笑ったようだった。

「……ッ」

エディスの恐怖が限界に達した。悲鳴を吞み込み、再び走り出す。

だが怖ろしさと狼狽のあまり足が縺《もつ》れて、いくらも進まないうちに転んでしまった。

「きゃっ」

慌てて立ち上がろうとするが、すぐにがくりと体が崩れてしまう。痛くはないからわからないが、右脚のどこかの部分を捻《ひね》ったらしい。

「……何をやっているんだ」

呆れたようなウィルフレッドの声が近づく。もう一度逃げ出そうと走り出す前に、エディスの体が宙に浮く。

「やっ、やめて！」

ウィルフレッドに抱き上げられていた。こんな時真っ先にエディスが気にしたのは、こうまで近づいて、万が一ウィルフレッドに自分の妙な臭いを嗅《か》がれたらどうしようということだった。出がけにカリンにも確かめてもらったが、大丈夫だと言われたのに。

怖々《こわごわ》見上げると、ウィルフレッドはエディスを見下ろし眉根を寄せていた。

「君、割と重いな」

「キャー！」

エディスはたまらず悲鳴を上げた。臭いの次に指摘されるのが怖ろしい体重について、ウィルフレッドがあまりにやすやすと口にしたので、死んだとか殺されたとかいう話題よりも恐怖を覚えた。

「なんてこと、なんてこと言うの！」

「耳のそばで叫ばないでくれ。抱えるよりも背中にしよう。暴れるなよ」

重たいといいつつも、ウィルフレッドはエディスを背中に負ぶう恰好になった。壊れたジュソー家の馬車まで戻り始める。

「その足じゃ歩けないだろう。いいから静かに、換えの馬車が来るのを待つんだ。どうしても嫌だというなら、負ぶったまま君の家まで連れていくけど」

「わ……わかったわ」

このまま家まで連れていかれるなんて、とても耐えられそうにない。ウィルフレッドだって自分の体重に耐えてくれる保証はない。おたがい恥を掻かないためにも、エディスは不承不承、ウィルフレッドに連れられて箱馬車の中に戻った。

ウィルフレッドはエディスを座席に座らせると、自分も向かいの席に腰を下ろした。

エディスには自分かウィルフレッドが外で待っている方が気まずくない気がしたのだが、生憎《あいにく》、いつもの霧雨が降り始めてしまった。

「……君の体は」

ぽつりと聞こえたウィルフレッドの呟きに、エディスは敏感に反応して、何となく伏せていた顔を上げた。

「なっ、何⁉」

「冷たいな。氷みたいだ」

ウィルフレッドの声音も表情も平坦で、昨日のように憎しみのこもったものではなかったが、その分エディスには相手が何を考えているのか少しもわからなかった。

「死んでいるんだもの。仕方がないでしょう」

蔑《さげす》まれたわけでも、揶揄《やゆ》されたわけでも、かといって気の毒がられているわけでもない気はする。

それきり会話は途切れてしまった。

ウィルフレッドは黙り込んで開いたカーテンの間から外の景色を眺め、エディスは俯《うつむ》いて、そんなウィルフレッドの爪先《つまさき》を見下ろす。

(……何、かしら)

不意に、痛むはずのない心臓が疼《うず》くように痛んだ。

（私、前にも、この人とこんなふうに過ごした気がする）

だがそれがいつのことだったか、思い出せない。

既視感《きしかん》を覚えたのはほんの一瞬で、実際そんなことがあったかどうか、あっという間にわからなくなってしまった。

さあっと、霧雨が馬車や地面に降りかかる音が聞こえる。

（どうして、聞こえるんだろう）

熱さも痛みもわからないこの体で、そういえば、人の声や物音だけは感じる。耳で聞いているのではない気もした。

それを意識すると、エディスはまるで水の中深くに沈んでいるような錯覚に陥《おちい》ってしまう。あるいは深い暗い森の中。もう雨の音も聞こえず、感じるのはウィルフレッドの呼吸の気配だけ。

（ああ、私、息をするのを忘れているわ）

それに気づいた時、馬車を軽く杖《つえ》で叩く音がして、エディスは我に返った。

「ウィルフレッド様、迎えの馬車が来たようです」

スワート家の馭者の声を聞いて、エディスはひどく安堵したような、あるいはひどく物足りないような、相反する気分を抱いた。

（物足りないわけがないでしょう。ほっとしただけよ）

駅者の言うとおり、新しい馬車がもう隣に停まっていた。ずいぶん急いで戻ってきてくれたようだ。

エディスは不本意だったがウィルフレッドの手を借りて馬車を乗り移った。

「先に君の家に寄って、ジュソー家で馬車を取り替えてから帰る」

「そう」

帰りの馬車でエディスとウィルフレッドが交わした会話はそれきりだった。

◇◇◇

馬車はすぐにエディスの家の前に着いた。ウィルフレッドが先に地面へ降り、エディスに手を貸してくれる。足がぐらついて仕方がなかったので、エディスはまたウィルフレッドに頼るしかなかった。

「……あの、ありがとう」

いろいろ助けてもらっておきながら、礼も言わないなんて、落ち着かない。

エディスはできるだけ堂々とウィルフレッドに感謝を告げるつもりだったのに、彼に手を取られたままどうしてか顔を上げられず、俯いたまま小声で呟いた。

「――君は」

ウィルフレッドが何か言いかけた時、家の玄関が少し乱暴な勢いで開いた。

「おい、帰ったのか」

てっきりカリンが迎えに出てきたのかと思ったが、姿を見せたのはヒューゴだった。

「あ、ヒューゴ。わざわざ迎えに出て……」

「あの男、誰だ?」

ヒューゴに答えかけたエディスは、ウィルフレッドが鋭く訊ねてきたことに驚いて、彼を見上げた。

「誰って、友人……だけど」

殺人犯を探す手伝いをしてくれている赤の他人だと答えるのもためらうが、親戚と言って誤《ご》魔《ま》化《か》すにはあまりにヒューゴの容姿が珍しすぎる。他に説明しようもなく、エディスはウィルフレッドにそう答える。

「あんな見た目の男が君のそばにいるのを見たことがない。貴族の人間ではないな」

「さあ、ヒューゴが貴族かどうかなんて、そういえば聞いたことがなかったけど……」

職人だと聞いていたので、貴族だとは思っていなかったが、余所《よそ》の国の貴族が職人として働かないと断言もできない。

ヒューゴについてろくな知識がないために答えられずにいたら、ウィルフレッドが険《けわ》しい顔

になっていく。

「君は、よく知らない相手を家に引っ張り込んだりするのか」

「ひ……っ、引っ張り込むなんて言い方、しないで。私にもヒューゴにも失礼だわ」

まるで不倫の恋でもしているかのような言われようだ。エディスはひどく腹が立ったし、傷ついた。

「あの人はそんな人ではありません。困ってる私を助けてくれる、とても親切で、優しい人よ」

親切で優しい、と言うにはヒューゴの態度も口調もぶっきらぼうだったが、エディスはそう言い切った。助けてくれているのは本当だ。不当に貶《おとし》められる謂《い》われは絶対にない。

「……ふうん。ずいぶんと、庇《かば》うんだな」

ウィルフレッドの声音も眼差しもますます剣呑《けんのん》だ。

「また記者に見られれば、新聞に書き立てられるんじゃないか。あまり節度のない行動を取って、エディス・ハントの名を貶めない方がいい」

「勝手に貶めてるのは、あなたでしょう!」

なぜこうまでウィルフレッドに責められなくてはならないのかがわからず、エディスは悲しいとか腹立たしいとかより、何だか混乱してきてしまった。

「――で、その男は、誰なんだ?」

今度はヒューゴが怪訝《けげん》そうに訊ねてきた。いつまでもエディスとウィルフレッドが言い争っているので、不審に思ったらしい。

「アイミアと出かけていたんじゃないのか？　やけに帰りが遅いから、何かあったのかと思ったんだが」

「こちらは、スワート子爵《ししゃく》のご子息よ」

「ああ、おまえと切れた元婚約者ってやつか」

頷きながら言うヒューゴの声音が、少し皮肉めいたものだったので、エディスは戸惑った。

「別れた女を家まで送り届けるとは、律儀《りちぎ》な男だな」

「ど、どうしたの、ヒューゴまで、そんな言い方」

言い争っていた自分ならともかく、ヒューゴまで最初からウィルフレッドにまるで喧嘩を売るような物言いになる理由が、エディスにはわからない。

とにかく窘《たしな》めると、ヒューゴは軽く肩を竦めてそれ以上ウィルフレッドに向けては何も言わなかった。代わりに、当然のようにエディスに手を差し出す。

家に入るためには誰かの手を借りなければ難しそうだったので、エディスはウィルフレッドから手を離し、少し足を引きずりながらヒューゴの方へ近づく。

「何だ、おまえ、足をやったな。侍女に言って、医者を呼ばせろ」

「痛くないから、明日でいいわ。今日来てもらうはずだったけど、遅くなってしまったし」

小さな門をくぐり、玄関扉までの短いアプローチの途中でエディスは振り返った。

ウィルフレッドがその場に佇《たたず》んで、じっとエディスを見ている。

「今日は……今日も、ありがとう。助かりました」

エディスがそっとかけた遠慮がちな声には何も答えず、ウィルフレッドはそのままふいと顔を逸《そ》らし、再び馬車に乗り込んでしまった。

挫《くじ》いたらしい足はひとつも痛まないのに、ウィルフレッドを見送る自分の胸がなぜ痛む気がするのか、エディスには見当もつけられなかった。

◇◇◇

ウィルフレッドのことを夢に見た気がする。

目が覚めるとどんな内容だったか忘れてしまったが、たしかに、ウィルフレッドと会う夢だった。

（……会話も思い出せないわ……）

それとも以前の記憶だろうか。

思い出したくて、必死に夢の残滓《ざんし》を追うのに、触れようとするたび霧雨のように散ってしまうことに焦燥《しょうそう》する。

そういうわけで、翌日のエディスの目覚めはあまりさわやかと言えるようなものではなかった。

朝早くにシャンカールが往診に来て、足の手当てをしてくれた。

「軽い捻挫《ねんざ》だね」

「じゃあ、すぐに治るかしら」

「いやいや、治らないよ。だって君、屍体だから」

「……」

笑顔で絶望的なことを言う医師を、エディスは溜息をついて見返した。

「そうよね、回復しようがないわよね、死んでいるんだから」

「痛くなくてよかったじゃないか、腫《は》れ上がることもないし。腱《けん》が弛《ゆる》んだところを上手い具合に固定しておくから、歩く分に支障はないだろうけど、乱暴にすると腱が千切《ちぎ》れるかもしれないから、動く時はなるべく気をつけなさい。あまり靴を履《は》き替えたりもしない方がいい」

「……わ、わかりました……」

適切な処置を終えると、シャンカールはにこやかな笑顔を残して帰っていった。

足を引きずったりせずに歩けるようになったものの、エディスは何だかいろいろと気持ちが塞《ふさ》いで仕方がない。

かといってふて寝をするのもつまらないので、荷物の整理をすることにした。昨日エディスが出かけている間に、またナヴィンがハント家から姉のものを運び込んだらしい。

「片付けなら私が」

カリンが申し出てくれたが、エディスは首を振る。

「いいわ、個人的なものもあるから。しばらくお部屋に入ってこないでね」

ナヴィンには、エディスの愛読書や、手紙の束《たば》なども、まとめて持ってくるよう頼んであった。

『手紙を見れば、おまえが殺された日に誰がおまえを呼び出したのか、わかるかもしれない』

ヒューゴがそう助言してくれたのだ。

エディスは手紙の束の中で、日付が新しいものを探し、ベッドに拡《ひろ》げた。

手紙の大半がアイミアや、仲良しの女の子とやり取りしたものばかりだ。親戚や、カントリー・ハウスで世話になった一家などからも届いている。

季節の挨拶。近況報告。ただの噂話。エディスから誘ったお茶会にぜひお伺いしますという返事。

療養のために離れていた時期に兄からもらったもの以外は、ほぼ全部が女性からの手紙ばかりだ。

（……ウィルフレッドからの手紙って、ないのね）

ウィルフレッドがエディスを誘う時は、直接エディスに手紙が届くわけではなく、エディスの父にまずお伺いを立てる。季節の挨拶すら、ウィルフレッドは父親宛に送ってきた。

（普通はちょっとしたご機嫌伺いくらい、いくらか寄越してくるものじゃなくって？）

手紙やカードをめくれどもめくれども、元婚約者からのものはない。

「別に、いいけどっ」

拗《す》ねた気分で唇を尖《とが》らせてから、エディスは急に恥ずかしくなった。

「違うわ、ウィルフレッドからの手紙なんて探すつもりじゃなかったわ」

探さなくてはならないのは、あの日、殺された日やその少し前に受け取った手紙だ。

「ううん、みつからないなあ……」

紙束の入った櫃《ひつ》をひっくり返し、何度も確認したが、思ったようなものはみつけられなかった。

「こっちの中味は……本ね」

ハント家の書き物机や本棚に丁寧に収めていたはずなのに、本もノートも慌てて詰めたようないい加減さで櫃の中に放り込まれている。どれもこれも気に入って何度も読んだ本だ。全部処分せずに送ってくれたことに、エディスは感謝した。

「あら？」

何冊もの上製本にはハント家の紋章が入っていて、大きさも素材の革も揃っている。しかしそれらを櫃からベッドの上に移す途中、毛色の違う薄い本が挟まっていることにエディスは気づいた。

表紙は厚紙に、花柄の包装紙と、雑誌の切り抜きらしき図案でコラージュしたものを、細いリボンで綴《と》じてあった。

「便箋《びんせん》……？」

表紙をめくって出てきたのは、ただの便箋だ。便箋のすかしもハント家の紋章だった。上製《じょうせい》本《ほん》と同じく特注品で、エディスも手紙を書く時は大抵これを使っている。

その便箋が、十数枚束《たば》ねられてあった。

「何かしら、これ、……」

ぱらぱらと便箋をめくってみて、エディスは驚いた。

紫紺《しこん》のインクで、文章が綴《つづ》られている。

誰かに向けた呟きのような、詩のようなものだ。

「光、輝き……花、愛……花園に、愛を埋《う》める……大切なもの？」

詩とも言い切れない、断片のような言葉の群れ。

兄の書斎で見てちっとも理解できなかった哲学書の中身に似た、追いかけていくうちにくるくると身を翻《ひるがえ》すようなつかみどころのない、けれど読むうちに陶酔《とうすい》していくような不思議な文字の羅列《られつ》。

「……どうして？」

ひどい眩暈《めまい》がした。

この言葉のどれにも覚えがないのに、こんなものを読んだ記憶などないのに、インクで綴られた文章の筆跡は、間違いなくエディス自身のものだった。

「このインク……お気に入りの、アイミアに宛ててさえ、大切なお話の時にしか使わない……」

便箋を綴じているリボンもだ。小さな頃に従姉《いとこ》から誕生日に贈られたプレゼントの、中身よりも気にいってしまって、大切に箱にしまっておいたシルクのリボン。

「私、こんなもの、作った覚えがないわ……」

詩を書く習慣もない。読むのは好きだったが、思ったことやイメージをうまく言葉に言い表すことができないから、誰かの書いたものを溜息交じりに読み耽《ふけ》るだけだ。

くらくらする頭で、エディスは夢中になって自分の書いた文章を追った。

大切なもの。命。かけがえのないもの。そんな言葉が繰り返されている。

「……ラブレター？」

最後まで読み切らなくても、わかった。

これは愛を語る文章だ。

誰かに対して、何よりも大切だと、あなたがいなければきっと自分は自分でいられない、魂が死んでしまうのだと、強い想いを伝える言葉だ。

「私が、書いたの？　これを？」

悪路を走る馬車に乗り続けた時よりも、時化《しけ》の海を船で旅した時よりも、ひどく酔ったような気分になってくる。

「……誰に？」

何も思い出せない。誰の姿も浮かばない。

なのに、強い確信がある。

書いた覚えのないこの恋文は、間違いなく自分が書いたのだと。

「……私、ウィルフレッドを裏切っていたの？」

これがウィルフレッドに宛てたものであれば、エディスの手許《てもと》に残っているわけがない。そのままウィルフレッドに送ればいい。親が決めた相手だろうが、ウィルフレッドは間違いなくエディスの婚約者だったのだから、恋文を送ったところで誰に咎《とが》められる謂《い》われもない。

そしてエディスの手許に残るのは、ウィルフレッドからの返事のはずだ。

「でも、ウィルフレッドからの手紙は、私には届いていないのよ……」

もう一度、エディスは便箋に書き付けられた文字を、すみからすみまで必死になって読んだ。

あなた、と誰かに呼びかける言葉はあるのに、名前がない。

「……私、誰を想っていたの……？」

便箋の綴りを取り落とし、エディスは強く自分の胸を両手で押さえた。

そこだけぽっかりと穴が開いたように、恋の想いがみつからない。

虚《むな》しく、辛い。

泣きたいのに涙が出ないことが、これほどまでに悲しいのは、死んでから初めてだ。

（だからウィルフレッドは、私を憎んでいたの？）

死ぬ前まで、ウィルフレッドは今のようにエディスに冷たく当たる人ではなかった。

彼は知っていたのではないだろうか。エディスに、自分の婚約者に、失ってこれほど悲しむような相手がいたことを。

（その人が――私を殺したの？）

そう思いついた途端、エディスは雷に打たれたような心地になった。

それが真実だとしか思えなかった。

エディス・ハントは、愛によって殺されたのだ。

4

殺される前、エディス・ハントには愛する人がいた。

そして、そのために、殺された。

（だけど私は、それが誰なのか覚えていない）

愛していた相手も、自分を殺した相手も。

どうしても思い出すことができない。

（同じ人、なのかしら……）

書いた覚えのない、だが確かに自分の筆跡《ひっせき》でしかありえない、誰かに宛てたラブレター。

それをみつけた時から、エディスの胸はざわついて止まらなかった。

（誰を想って書いたのか、思い出さなくちゃ）

焦燥が胸を占める。

（私自身が覚えていなくても——そうだわ、あの人なら、もしかしたら）

「あなたに秘密の恋人がいたように見えたかって？　……いやだ、エディスあなた、何ておもしろい冗談を言うようになったの⁉」

ステイシー・マーティンが侯爵家のご令嬢にあるまじき声を上げながら、ソファに引っ繰り返らんばかりに笑い出したので、エディスは羞恥《しゅうち》のあまり赤くなりそうだった。

実際は血が巡っていないので、相変わらず真っ白で陶磁器《とうじき》のような肌にしか見えなかったが。

「ないわよ、ないない、ありえないわ。ああ、おかしい。あなた、『穢《けが》れのない銀百合』だとか、どうして自分が呼ばれていたかわかっていて？　あなたはたしかにとても綺麗で可愛らしいけど、恋の方面にまったく疎《うと》くって、てんで赤ちゃんみたいだからよ？」

「そっ、そこまで笑うことは、ないじゃない」

涙まで流しているステイシーを、エディスは恨みがましい気分で見遣った。

（この子に聞いたのが、間違いだった！）

例の恋文をみつけた翌々日、ステイシーがまた家にやってきた。

エディスが薬湯《やくとう》しか口にしていないとアイミアに聞いたそうで、東洋人から手に入れたとかいう、すさまじい香りの粉薬をどっさり持ってきてくれたのだ。

あまりにひどい臭いだとカリンが言うので、親切ではなく嫌がらせなのではと疑ったものの、運んできた本人も辛《つら》そうだったから、やはり親切なのだろうと納得したのだが。

（でもステイシーなら、私がウィルフレッドとの仲が悪くなりそうなこと、見過ごさないだろうと思ったんだもの）

自分に秘密の恋人や想い人がいるとして、きっと一番の仲よしであるアイミアにすら隠すだろうとエディスは思った。

アイミアに知られれば、きっと自分のことのように悩ませてしまう。

それに、一度誰かに秘密を打ち明ければ、どれだけ細心の注意を払っても、ちょっとした気の緩《ゆる》みで外に漏れないとも限らない。

そうなればアイミアを気に病ませ、ウィルフレッドを傷つけ、エディスの両親は恥を掻《か》き、宮廷で肩身が狭くなり、ハント家とスワート家の関係も確実に悪くなる。

（そんなリスクを負うくらいなら、私の性格からして、死に物狂いで隠し通すに違いないわ）

そしてどれだけ上手に隠したところで、誰かが想いを見抜くとしたら、目敏《めざと》いステイシーなのではないか。

そう予想して、思い切って訊ねたのに。

「――ねえエディス、あなたどうしたの？　突然そんなこと聞いたりして」

ひとしきり笑い転げると、ステイシーが急に心配そうな顔になったので、エディスはますます恥ずかしくなってしまった。

「べっ……べつに！　恋のひとつもしたことがないまま死ぬなんて、私があんまり可哀想だから、そういうふうに見られてればよかったなあって、思っただけ！」

せっかく収まった衝動が再びぶり返したのか、ステイシーがまた笑い転げ出す。

「エディス、あなた、こんなにおもしろかったのねえ。死ぬ前にもっと仲よくしてあげてればよかったわ。私あなたのこと、正直大嫌いだったの。いかにも楚々《そそ》とした起居振舞《たちいふるまい》で、あんなに素敵なウィルフレッドの隣に立って、生意気だって思ってたわ。だから死んでどんな顔してるんだろうって、こないだは見に来たんだけど」

「ちょっと、ひどすぎるんじゃないかしら」

「またぜひ、おもしろいことを聞かせてちょうだいね！」

ステイシーは言いたいことだけを言うと、元気に去っていった。

「何て意地悪なのかしら……！」

エディスは塩でも撒《ま》いてやりたい気分だった。


そんなやり取りがあったので、気は進まないしまた恥ずかしい思いをするのではと不安だったが、エディスは次に遊びにきたアイミアにも同じことを訊ねた。

たしかめなければ落ち着かない気分と、ステイシーにいいだけ笑われて悔しかった気分と、半々だ。

「うーん……そうね、秘密の恋人っていうのは、全然、心当たりがないわね……」

「そ、そう……」

アイミアは笑いはしなかったが、ひどく気の毒そうというか、申し訳なさそうに答えたので、エディスはステイシーに訊ねた時よりも羞恥心を味わわずにはいられなかった。

「ねえ、エディス、どうして急に、そんなことを思ったの？」

そしてアイミアもステイシー同様、心から不思議そうに訊ねてくる。

それほどエディスが色恋沙汰から遠かったという証拠だろう。

（どうせ、今以上に恥ずかしいこともないわ）

エディスは「実は」と、半《なか》ばやけくそ気味に例の便箋《びんせん》についてアイミアに打ち明けた。

誰宛てかはわからない、でも強い気持ちで想っている相手に、自分がラブレターを書いていたらしいと。

そしてその相手を、綺麗に忘れてしまったのだと。

「ラブレター……」

アイミアが途方に暮れたような様子になるのが、申し訳なかった。

そのままアイミアは考え込むふうに目を伏せて口を噤《つぐ》んでしまい、沈黙が辛くて、エディスは溜息をつく。

「ごめんなさい、馬鹿みたいな質問をして」

アイミアが、慌てたようにエディスの両手を握り締めて首を振る。

「ううん、そんな！　……でも、考えてみたら、エディスはウィルフレッドのことを苦手だったようだから、結婚したくないあまりに秘密の恋人を心の奥深くで作り出してしまったことは、ありえるかもしれないって思ったわ」

慎重な口調で、エディスを気遣うように、ゆっくりとアイミアが言う。

秘密の——夢想《むそう》の——あるいは妄想の、恋人。

「そういうの、私たちのような思春期の女の子にはよくあるって、前に何かの本で読んだわ。決しておかしなことじゃないのよ、そんなに、落ち込まないでね、エディス」

励《はげ》まされれば励まされるほど、エディスの胸が、ラブレターを見つけた時とは違う理由で痛い。

「わ、私、そんな妄想癖なんてあったのかしら。……というか——私、ウィルフレッドのことが、そこまで苦手だった？」

とても恋人と呼べるような関係にはならなかったし、友人としても親しいとまでは言えない間柄だったが、自分がウィルフレッドとの結婚を嫌がるあまりに気の病を患《わずら》うほど苦手だったという覚えがない。

アイミアが首を傾《かし》げてエディスを見た。

「苦手……だったでしょう？　ウィルフレッドがあまり自分を誘わないことを、寂しがるというよりはほっとしているみたいに見えたわ。あなた、ウィルフレッドに限らず、男の子が苦手だったものね」

「それは、ええ、そうね。アイミアたちと一緒にいるほうが、よほど楽しかったもの」

「わかるわ。ウィルフレッドの前に出ると、エディスは少し怯《おび》えていたようでもあったから、二人きりの時に冷たくされているんじゃないかって、私、ずっと心配だったの」

「怯えて……？」

「いつだってウィルフレッドの前で小さく震えていたわ、あなた」

「……」

もしかしたら、自分が忘れているだけで、ウィルフレッドは以前から今と同じような態度だったのだろうか。

アイミアの言葉を聞いて、エディスはそう思い至る。

「だからエディスには悪いかもしれないけれど、ウィルフレッドとの婚約が駄目になって、私、少し安心したの。杞憂《きゆう》かもしれないと思って私からは何も言わなかったけど、今になってみれば、ウィルフレッドとのことを何も話してくれなかったのが証拠なんだわ。エディスはきっと、私に心配をかけたくなくて、ウィルフレッドから辛い目に遭わされていると言えなかったんでしょう。でなければ、妄想の恋人を作るわけがないもの」

アイミアの言葉を聞けば聞くほど、エディスは落ち込んでくる。

アイミアの中では、すでにエディスが『妄想の恋人』を作り出していたと決定しているようだ。

何だかエディスだって、それが正解のような気がしてくる。

(そうか……ラブレターに宛て名がなかったのは、そもそも相手が存在しなかったからかもしれないわよね……なのにあんなふうに大事に手紙を綴《と》じておくなんて、ずいぶんおかしくなっていたんだわ、殺される前の私)

ステイシーにもアイミアにも、こんな恥ずかしい相談をするんじゃなかったと、エディスは悔いた。

その後悔を察したのか、アイミアが困ったように笑う。

「ねえエディス、私にはもう隠しごとをしないで、何でも話してね。どんなことでも」

微笑《ほほえ》んではいるが、アイミアの声音には真剣な響きが宿っていた。

「また私の前からいなくなったりしないで。お願いよ」

最初にこの家を訪れた時のアイミアを、エディスは思い出した。

気丈な彼女らしくなく泣き崩れ、不安そうにしていた。

「ええ。約束する、秘密は作らないわ」

エディスは精一杯微笑んで、大切な親友に頷いてみせる。

――アイミアの前からいなくならない、ということだけは、どうしても約束できなかった。捻挫《ねんざ》が治らないとシャンカールに言われた時、改めて自分が死んだ人間だということを、痛感したのだ。

今こうして動けている方が、異常なのだと。

（また泣かせてしまったらごめんなさい、大切なアイミア）

結局すでに、アイミアに秘密を持っていることが、エディスには悲しかった。

◇◇◇

それでも手紙に綴られた文字を見返せば、エディスにはこれが自分の空想の産物だとはとても思えなかった。

（だって私、そういう才能なんて、ないもの）

お話を読んだりお芝居を観るのは好きだったが、それを自分で作り出せるとは到底考えられない。

手紙の文章はとても美しく、優しい情熱を秘めたものだった。

（愛《いと》しいあなたを、誰の手にも触れられないよう、咲き誇《ほこ》る花の下に隠してしまおう――）

秘密の花園に舞い散る花びら、匂い立つその香り、肌に触れる柔らかな風、文字を読んでいるだけでエディスは本当にそれらを感じる。生々しいくらいの感触で。

（私に、こんな文章が思いつけるはずがないわ）

今まで読んだ物語を書き写したものでもない。いくら殺された日の記憶がないとはいえ、その一日で本を読み、丁寧に書き写すことができたとは思えない。

便箋は何枚も重ねられて分厚いし、丁寧に表紙まで手作りしてあるのだ。

（じゃあこの手紙はいったい何なの？）

大体、手紙なのに、誰にも送られることなくエディスの手許《てもと》にある理由も思いつけない。手渡すこともできなかったのか、これから送るつもりだったのか。

答えがわからず、焦《あせ》る。

アイミアが帰ったあと、自室で手紙を眺めて考え込んでいるうちに、気づけばずいぶんと部屋が暗くなっていた。

そういえば少し前に、カリンにそろそろ部屋の火を入れるかと声をかけられたような気がする。自分でやるからいいと断ったが、いい加減手紙の文字が見えなくなりそうだった。

暗いせいで気も滅入《めい》ってきたので、少し休憩を取ろうと、エディスは部屋を出た。といっても特におなかは空いていないし、トイレに行く用事もない。気分転換の方法も思いつかないまま廊下を進む途中で、エディスは突き当たりにある客間のドアが、ほんのわずかに開いていることに気づいた。

（この家、私を追い出すためにお父様が買うまでずっとろくな手入れもされていなかったみたいだから、建て付けが悪いんだわ）

客間には、当然ながら当家の客人がいるはずだ。気分転換の話し相手になってくれないだろうか。

エディスは静かに廊下を進み、その部屋のドアを叩く。

「ヒューゴ、少し、いい？」

「邪魔をするな」

即座に返事があったが、愛想も何もない突慳貪《つっけんどん》な声音だ。エディスはいささかむっとした。

（私の家で、居候《いそうろう》なのに）

邪魔とは何ごとだ。エディスはむっとしたままドアを開けた。以前の――殺される前のエディスであれば、冷たい語調に萎縮《いしゅく》して、「ごめんなさい」と消え入りそうな声で呟いて引き下がっていただろうが。

「お邪魔します」

挨拶《あいさつ》と皮肉と双方を兼ねて口にしながら客間を覗くと、この部屋の壁や天井のランプも火が落とされたままだ。おまけにきっちりとカーテンが閉じられている。唯一、窓際に据《す》えられた書き物机の方からほのかな明かりが拡《ひろ》がって、机に向かって椅子に腰掛けるヒューゴの背中の影が浮き上がっていた。

「カーテンを開けたら？」

ヒューゴは書き物をしているのか、本でも読んでいるのか、それともほかの作業の最中なのか、どちらにせよ手許の小さな明かりだけでは足りないのではないだろうか。そう思って訊ねたが、綺麗に無視されたので、エディスは再びむっとする。

「目が悪くなるわよ、こんなに暗くしていたら」

「……」

また、無視だ。エディスは気にせず、客間の中に入り込んだ。

（何てことかしら、私の家の中だからとはいえ男性のお部屋に、招かれてもいないのに、しかも部屋着のまま一人で入るなんて）

今までの自分なら、いや、貴族の娘なら、決して取るべきではないあまりに非常識な行動だ。けれどもエディスはちっとも後ろめたくなかったし、怖くもなかったし、緊張もしない。

（一度死ぬと、どこか麻痺《まひ》するものなのかしら？）

エディスは男性が苦手だった。社交の場では必死に取《と》り繕《つくろ》っていたが、自分の父親よりも年下の男性を――自分に声をかけてくるほとんどの男性を前にすると気後《きおく》れする方で、本来であれば無愛想なヒューゴを前にして、平然と話しかけられるわけがないのに。

（でも……何でかしら、ヒューゴのことは、最初から怖くはなかったし、むしろどこか親しみすら湧いてくる感じだったわ）

初対面の時、みじめに泣いていたところに救いの手を差し伸べてくれたから、恩義を感じているのかもしれない。

「おい、入るなら入る、出ていくなら出ていけ」

ヒューゴの背をみつめながらぼんやりと考えごとをしていたエディスは、声をかけられて我に返った。こうやって相変わらずぶっきらぼうな声音を向けられても、ちっとも竦《すく》んだりしない。

「何をしているの？」

もちろん出ていかずに入る方を選んで、エディスはヒューゴのそばに近づいた。

「これを作っているんだ」

ヒューゴが、片手に握っていたものを、手許のランプの明かりにかざす。

「まあ……可愛い！」

片手の掌《てのひら》で掬《すく》い上げられるほど小さな猫が、くったりと目を閉じて眠っている。

「どうしたの、どこかで拾ったの？　よく眠っているのね」

病弱な兄の体に障《さわ》ると言われて、エディスは大好きな猫をハント家の屋敷で飼うことができなかった。嬉しさに、勢い込んで仔猫の様子を覗き込む。

するとヒューゴが、くすりと小さく笑った。彼にしては皮肉っぽくもない、楽しげな笑いだった。

「なあに？」

「よく見ろ。眠っているか？」

「え？」

言われて、エディスはまじまじと仔猫をみつめた。目を閉じて、ぐっすりと寝入っているように見えるが――、

「まさか、これ、剥製《はくせい》……？」

顔を近づけてよくよく観察すれば、仔猫の鼻面《はなづら》も耳も心臓のあたりも、ぴくりとも動いていなかった。

「そうだ」

ヒューゴが頷くもので、エディスは思わず後退《あとずさ》った。

初めて出会った時、ヒューゴは小鳥の剥製を見せてくれたが、この仔猫までが同じものだったとは。

「お、驚いた……これも、まるで生きているみたいに見えるわ」

「ふん、そう見えるように作るのが、俺の仕事だ」

ヒューゴは自慢げだ。

屍体《したい》、と思うと怖《おそ》ろしいが、初対面の時にヒューゴ言われたとおり「私と同じなのね」と思えば、妙に親近感が湧いたり――するような、しないような。

半ばおもしろがるように手渡された仔猫の剝製を、エディスは両手でそっと受け取った。

「本当にあなた、腕のいい職人なのね。ハント家にもいくつか動物の剝製があったけど、こんなに毛艶《けづや》よく仕上がっていなかったわ。もっと縮《ちぢ》こまって、パサパサしているような、不自然な感じだったもの。それにこれ……とっても、柔らかい……？」

ランプの光に当てあらためて観察してみれば、やはりまるで、生きているようだ。

エディスは何か、ぞっとして、仔猫の剝製を持つ手を震わせた。

「美しいけど、少し、怖い気もする……」

昔、立派な牡鹿《おじか》の剝製を作らせてご満悦《まんえつ》だった父親から聞いた覚えがある。剝製にされる動物は、腐らないように内臓を取り出し、皮をなめし、代わりに贋物《にせもの》の骨や肉代わりの綿《わた》、布などを詰め込んでから、柔らかくするための薬を入れるのだと。

所詮《しょせん》は屍体、生きた動物の輝きには敵うべくもないのだと。

亡骸《なきがら》に手を入れるなど怖ろしい気がして耳を塞《ふさ》いでしまったから、細かいところまでは覚えていないが、たしかそう言っていた。

そして怯えて涙を浮かべる娘を見て、父はなぜかやけに満足そうに笑っていた。

（あの時……そういえばお父様はたしか、怯える私におかしなことを言っていた。『そう、それこそが正しい……』）

「そう、それこそが正しい人間としての、当然の倫理だ」

「えっ？」

父の言葉を思い出そうと意識を凝《こ》らしていたエディスは、ヒューゴの呟きに、愕然《がくぜん》とした。

それはエディスの記憶から蘇《よみがえ》った父の言葉と、一言一句違《たが》わぬものだった。

「ヒューゴ、なぜあなたがそれを……」

「とある高名な剝製屋の台詞《セリフ》だ」

ヒューゴがエディスの手から、仔猫を取り上げる。エディスはほっと息を吐き出した。

「そ、そう、よく使われる言葉なのね？」

「決め台詞みたいなものだからな。どだい剝製なんて、どれだけ美しく作り上げようとも、生物の死を玩《もてあそ》ぶ悪趣味な代物《しろもの》だ。見た者に蔑《さげす》まれれば、そう嘯《うそぶ》いてもなくちゃ、やってられないだろ」

自虐《じぎゃく》を滲《にじ》ませてヒューゴが言う。

「ヒューゴは、なぜ剝製屋をなさっているの？」

不躾《ぶしつけ》かもしれないと思いながらも、好奇心から、エディスはそう訊ねずにはいられなかった。

ヒューゴはエディスに背を向けて再び書き物机の方を向いてしまったから、その表情はわからないが、また自嘲的に笑った気配がする。

「決まってる、他に能がなかったからさ」

小さなブラシで丁寧に、慈《いつく》しむように仔猫の毛並みを撫でるヒューゴの手つきに、エディスは見入った。

「でも、他にないからといってしぶしぶやっているようには見えないわ。剝製のことなんてちっとも知らない私にだってわかるもの。その猫も、最初に見せてくれた小鳥だって、うんと精《せい》魂《こん》を込めて作っているのでしょう？」

「……ふん」

ヒューゴは鼻を鳴らしただけで否定も肯定《こうてい》もしなかったが、エディスにとってはそれが答えのようなもので、微かに笑みを漏らしてしまう。

ヒューゴはどうやら、皮肉屋かつ照れ屋のようだ。

エディスが静かに見守る先で、ヒューゴは櫛《くし》の他にもピンセットや錐《きり》のような道具を使い、丁寧に仔猫の毛並みや髭《ひげ》を整えている。小さな小さな爪の先まで、念入りに磨《みが》いていた。

しかしランプの小さな炎が揺らめいて、手許が見えづらそうだ。

「ねえ、やっぱり、暗くない？　油が切れているのなら、カリンに言えば足してもらえるわよ」

それともカリンはあの調子で、ヒューゴの頼みなど聞かないのだろうか。そう思って訊ねたエディスに、ヒューゴがかぶりを振った。

「手許が見えていればいい。周囲が暗い方が集中できるんだ。明るすぎると、眩《まぶ》しくてむしろよく見えない」

「そういうものなの……」

エディスにとっては見辛く感じるが、ヒューゴにはこれでちょうどいいらしい。

（そういえばヒューゴ自身、あまり明るいところが好きな感じではないわよね）

昼間は寝ているようだし、起きていても外に出ようとはしない。浅黒い肌をしているのでわかりづらいが、陽に当たることが少ないせいなのか、あまり血色がいいようには見えなかった。

（ヒューゴこそ、『生ける屍《リビング・デッド》』みたい）

恐怖小説の類《たぐい》に出てくるそれは、墓場から蘇り、陽の光を嫌い、血を求めて夜を彷徨《さまよ》う怪物だ。晴れていようと歩き回ることに支障がなく、人の生き血どころか紅茶すら必要とせずとも元気に動く自分よりも、ヒューゴの方がよほどそれに近いのではとエディスには思えてしまう。

（きっとずいぶん食い詰めているのね）

大きな工房に仕事を取られて、地元ではなかなか仕事がないと言っていた。それで流れ者のようにこのあたりまでやってきたのだ。

（やっぱり私が、仕事を紹介してあげられたらいいのだけど）

自分を殺した犯人を捜す手伝いをしてくれているのだ。そのくらいのお礼はすべきだろう。

エディスがそんなことを考えているうち、ヒューゴは作業を終えたのか、満足そうに一、二度頷くと、仔猫を手に立ち上がった。部屋の片隅に置いてある旅行鞄《かばん》へと、それを大事そうにしまっている。

「それにしても、仔猫を狩って剝製にするなんて、どんな人なのかしら。鹿はよくて猫は駄目というのもおかしな話だけれど、でも少し、可哀想だわ」

生まれて間もない仔猫だろう。エディスはどうしても気の毒に感じる。

「五つくらいの子供だったな」

「子供⁉」

驚くエディスに、ヒューゴがおかしそうに喉《のど》を鳴らす。

「狩ったわけじゃない、飼ってたんだ。誕生日プレゼントに父親からもらったのに、病気で死んでしまった。毎日泣いて泣いて、子供まで病気になりそうだと、その父親から依頼された」

「そ……それって……慰めになるのかしら　ね？」

さあ、とヒューゴは肩を竦めた。

「だが俺の客には、その手の類が多い。長年一緒に暮らした犬や馬との別れが辛くて、ずっと手許に置いておきたいってな。代わりはいない、だから本物をいつまでもそばに置いておきたい。どんな動物だろうと家族同然だ、大枚叩《はた》いても欲しいって輩《やから》はいくらでもいる。荷馬車に轢《ひ》き殺された鶏《にわとり》をと頼まれたこともある」

「轢き……っ、って、でもそれじゃあ、割と、何というか、ぐちゃぐちゃに……」

「その場合は、さすがに俺でもそのまま剝製にするわけにもいかないからな。元々の姿を聞き取って、それに似せて形を整える。嘴《くちばし》や脚、無事だったところだけ『本物』を使う」

「まあ……」

エディスは何と相槌《あいづち》を打ったものかわからず、曖昧《あいまい》に頷いた。

いい話なのか、そうでもないのか、判断に苦しむ。

「さっきの猫も、死んだ時にはずいぶんと痩《や》せ細って骨と皮ばかりになっていたが、そのまま剥製にしたら子供が余計に泣くだろう。思い出話を聞いてやりながら、こうやって——スケッチを取って」

ヒューゴが旅行鞄から、スケッチブックを取り出した。めくったページに、たしかにさきほどの仔猫そっくりなぶち模様の猫が描かれている。

「すごい、ヒューゴは絵まで本物のように描くのね。これだって、もう今にも動き出しそう」

エディスはほとほと感心した。柄を忠実に再現するためだろう、きちんと絵の具で着彩《ちゃくさい》されているので、スケッチというよりこれでもうひとつの作品にすら見える。仔猫を亡くした子供に渡せば、きっと喜ぶだろう。

（というか、屍体を剥製にしたものよりも、絵の方が心の安定にいいんじゃないかしら……？）

疑問に思いつつも、エディスはヒューゴの絵に魅せられ、ついスケッチブックに手を伸ばしてページをめくってしまった。鶏の絵が出てくる。りっぱな鶏冠《とさか》を持った雄鶏《おんどり》だ。何の変哲もない鶏に見えるが、飼い主にとっては食料ではなく、大事な相棒だったのかもしれない。

その鶏も、今すぐ紙から抜け出して辺り中を走り回っても不思議ではないくらい、生き生きと描かれていた。見ているだけで、エディスは何だかわくわくしてくる。

「ねえ、もっと見ていい？」

エディスはヒューゴの返事を待たず、スケッチブックを自分の手許に引っ張り寄せた。さらにページをめくる。

「っ、待て――」

ヒューゴが珍しく慌てたような声を出し、エディスからスケッチブックを取り上げようとする。

だが遅かった。エディスはめくったページの先に、意外なものをみつけて、大きく目を瞠《みは》る。

「これ……、……え、私？」

スケッチブックではなく、その間に挟んであった紙に描かれていたのは、どう見ても、自分だ。

エディスが急いでヒューゴを見ると、相手はひどく気まずそうに眉をひそめ、顔を逸《そ》らしている。

「いつの間に描いたの？　というか、どうして……」

エディスはもう一度スケッチブックに目を戻した。

白磁《はくじ》のような肌、小さな顔、銀色に輝く豊かな髪、宝石のような紫の瞳。

古風な椅子に座り、若草色のドレスを身につけ、こちらを見て淡く微笑んでいる。

（なんて幸福そうなのかしら……）

微《かす》かな笑みと細すぎるほど細い肢体《したい》はあまりに儚《はかな》げに見えたが、その絵からは溢れるような愛情が滲んでいる。

「これ、私？」

エディスはどきどきしながら訊ねるが、ヒューゴはむっつりと黙り込み、こちらを向いてくれない。

「私よね？」

たしかめる必要など感じられないほど、それは鏡を見るたびに映る姿とそっくりだったが、エディスは照れてふてくされているらしいヒューゴの反応が面白くて、念を押すように訊ねた。

ようやくヒューゴが、観念した様子でぶっきらぼうに頷く。

「素敵……！　嬉しいわ、こんなふうに描いてくれるなんて。ヒューゴは動物だけじゃなくて人の絵もとてもじょうずなのね。でも本物の私より、綺麗すぎるかも」

「そりゃそうだろう」

「え？」

「……この手のスケッチは、美化するものなんだ。その方が依頼人に受けがいいからな」

相手の腕前を褒《ほ》めるのに加えて、多少は謙遜《けんそん》のつもりで言ったのに、美化すると言い切られてエディスは少しだけむくれた。

でも、この絵は本当に素敵だ。

「ねえ、この絵をもらっても構わない？　私、うんと小さい頃にしか、肖像画を描いてもらったことがないの」

「肖像画なんて大したものじゃない、ただの手慣らしでいい加減に描いたものだぞ」

「いいの、すごく気に入ったから」

エディスが頼み込むと、いかにもしぶしぶといった態度だったが、ヒューゴが頷いた。

「ありがとう！　大事に、大事にするわね」

エディスは言葉通り大切に、その絵が描かれた紙をそっと胸に押し当てた。

（この絵があれば、私の体がいつ動かなくなっても……私がいたっていう証拠は、残るわ）

そんなことを思ってから、エディスは急激に、心許なくなってしまった。

体がいつ動かなくなっても。改めてそう考えると、怖ろしい。

（今のように、心だけは動き続けるのかしら。それとも眠った時のように、外の世界が何もわからなくなってしまうのかしら。それとも――すべて無になって、暗闇の中にいるようになってしまうのかしら……）

そうなったあとにこの絵が残ったところで、誰かがこの絵を見て泣いてくれるのだろうか。

（アイミアはきっと泣くわね。でも、……それだけ。お父様やお母様やナヴィン、ひょっとしたらお兄様も、絵になんて興味を示さず、ただ嫌な噂話の種が減って、ほっとするかも。カリンだって『生ける屍』のお世話なんてせずにすんで喜ぶわ。ステイシーは実物より綺麗に描いてもらった絵を見て笑うんじゃないかしら？　シャンカール先生は、貴重な検体《けんたい》が手に入ったぞって、大はしゃぎするに決まってる」

嬉々として自分の屍体を切り刻む医者の嬉しげな表情を想像してしまって、エディスは震え上がった。

（他の親戚やお友達、親しかった人も挨拶すらしたことがなかった人も、きっとこぞって面白可笑《おか》しく私のことを話すに違いないわね、みんな噂が大好きだもの。……ウィルフレッドは）

元婚約者。形ばかりの関係で、二人きりでゆっくり過ごしたこともない程度の、親しくもなかった知人。

（……あの人は、どう思うだろう）

彼の反応が何も思い浮かばない。何を見てどんな表情になるのか。

ただ、瞳だけは簡単に想像がついた。冷たい色でこの絵を見るだろう。いつもエディスにそうするように。いや、絵なんて、見ることすらしてくれないかもしれない。

「何だ。ニヤニヤしたかと思えば、急に黙り込んで」

すっかり自分の思いに沈んでしまったエディスは、怪訝《けげん》そうなヒューゴの声に呼びかけられて、我に返った。

先刻まで温かく感じていた胸の中が、今はすっかり冷え切っている。エディスを見るウィルフレッドの視線のように。

「怖くなったの……絵に残ることに、どれほどの意味があるんだろうって」

「不満か、その絵が」

「ううん。絵の方に、私が釣り合わないいんじゃないかと思ったのよ」

ヒューゴはさらに訝《いぶか》しそうな表情になった。エディスは悲しい気持ちで俯《うつむ》く。

「この絵を見て、私を思い出して泣いてくれそうな人なんて、アイミアしか思い浮かばないんだもの。寂しいし、とても怖いわ」

今まで誰にも言えなかった本心を、エディスはヒューゴに零《こぼ》してしまった。

「眠るたび、二度と目覚めないいんじゃないかと思って怖ろしくなるの。目を覚ますごとに、喜びより怖ろしさの方が上回っていくのよ、だって私は、何ごとも為《な》し得ていないのに」

これまで何を為そうと考えることもなく、他の貴族の娘たちと同じように、夜会に着ていく服や衣装の組み合わせ、主催するお茶会に出すケーキ、友人に贈るカードの図案、そんな程度のことにしか悩まなかった。

何をしたい、と強く思うことすら、一度だってなかった気がする。

それはとても寂しく、怖ろしいことだと、エディスは思うのだ。

「最初にして最後の望みが、自分を殺した犯人に報復することだなんて、あまりにも私が可哀想な気がしてきたわ……」

「何を言っている。他に何の望みがあるっていうんだ、今のおまえに」

「……私の、望み……」

貴族の娘たちは、それでも年頃になれば自分と釣り合う家柄の男性と婚姻を結んで、両家の発展の礎《いしずえ》となり、跡継ぎを産む。そうすれば、生きた証《あかし》は確実に残るのに、エディスはそこまで辿り着くことなく命を奪われた。

この体で誰かと結婚したり、ましてや子供を産むだなんて、考えられるはずがない。

(万が一、この体でも結婚ができるとしたって……婚約破棄、されたんだもの。相手なんか、いないいんだもの)

このまますべてが終わると考えたら、もう耐え難《がた》かった。

「……もう、犯人探しなんて、どうだっていいわ」

「何だと?」

ヒューゴが低い声で問い返す。エディスは強く首を振った。

「そんなことで生涯を終えるのは嫌。私……私は、私の愛した人を探したい」

「何を言っているんだ、おまえは」

「私には、愛した人がいるの。顔も名前も、どこで出会ってどんなふうに愛を育《はぐく》んだのか、そもそも育めていたのかも全然覚えていないけど、でも絶対にいたのよ」

ヒューゴは呆れたような、苛立ったような、険《けわ》しい表情でエディスを見ている。

「信じてくれなくていいわ、アイミアですら信じてくれなかったもの。でも私は信じることにする。あの手紙が贋物のはずがないわ、だって私、文才ないんだから」

「もう一度言うぞ、おまえは何を言っているんだ？」

さっぱり意味がわからない、という顔をするヒューゴに、エディスはアイミアやステイシーにしたものと同じような説明を試《こころ》みた。

「くだらん」

エディスの話を聞き終えたヒューゴは、言葉どおり、いかにもくだらないことを聞いたという顔で言い放った。

「そんなに不確かなものより、確実に存在するおまえを殺した犯人をみつける方に時間を割《さ》くべきだ」

「……でも、たとえ犯人をみつけて仕返しをしたって、私は生き返らないのよ」

そう口にしてから、エディスは自分の言葉の正しさに気づいた。

やられっぱなしではあまりに悔しいから、一発ぶん殴ってやると令嬢らしからぬ言葉で勢いをつけてきたが、それに一体何の意味があるのか。

「どうせ取り戻せないものを追いかけるのなら、犯罪者よりも、愛の方がいいわ」

「くだらん！」

正しいことを言ったつもりなのに、ヒューゴに強い語調で断じられて、エディスはかちんときた。

「くだらないかくだらなくないかは、私が決めることよ」

「こんなに頭の悪い女だとは思わなかった。手を差し伸べてやるべきではなかったな。俺も、馬鹿だ」

「……っ」

助けるべきではなかったと言われて、エディスはひどく傷ついた。

「そ……そう思うなら、もう、手助けなんて結構よ。私だって、あなたのことを見ず知らずの女の子を助けてくれる親切で優しい人だなんて思ったのは、間違いだったわ！」

エディスも声を荒らげ、叫ぶようにそう言うと、踵《きびす》を返す。

「犯人をみつけろ、それしか『――』を取り戻す方法はないんだ！」

客間を出て、力いっぱいドアを閉めた音にヒューゴの声が重なって、彼が何を叫んだのか、エディスにはうまく聞き取れなかった。

◇◇◇

ステイシーに笑われるよりも、アイミアに気の毒がられるよりも、ヒューゴにくだらないと一蹴《いっしゅう》されたことの方が、エディスには受け入れがたかった。

（ヒューゴにはわからないんだ、寄《よ》る辺《べ》のない私が、どれほど不安なのか）

一刻も早くヒューゴから遠ざかりたい一心で、ばたばたと、普段ならありえないほど騒がしい音を立てて廊下を走る。階段の下からカリンが怪訝そうな顔を現した。掃除の最中なのか手にブラシを持っている。

「お嬢様？　どうなさったんですか、ずいぶんと賑《にぎ》やかに」

「……っ」

まったく主人に対して口の利《き》き方がなっていないメイドに、何を聞かれるのも何を答えるのも、今は嫌だった。エディスは階段を駆け下りながら「放っておいて」とカリンに告げて、彼女を押し退《の》けるようにして玄関に向かう。

取り乱した主人を止める従僕《じゅうぼく》の一人もいないこの惨《みじ》めな家が今はありがたいような、そもそも普通の屋敷であれば一人になりたくて外に飛び出すような真似をせずにすむのにと思えばますます惨めなような、ぐちゃぐちゃの気分でエディスは通りに出た。

（今こうしている間に、私は突然動きを止めて、本当に死んでしまうかもしれないのに）

大声を上げて泣きたい気分なのに、涙が出ないことが、何よりエディスの心を嘖《さいな》む。

外は今日も憂鬱《ゆううつ》な霧雨だった。

空は暗く低く、雲が重たく垂《た》れ込めている。まだ夜が更《ふ》けるには早いはずだが、すっかり真夜中のようだ。月も星もない。それで余計に泣きたくなる心なんて、きっと誰にもわかりはしない。

エディスは霧雨と暗い心を振り払いたくて足早に、闇雲に、路地を進む。

行く宛てなどあるはずがなかった。もうどうでもいい。そうだ、いっそ墓場に戻ろうかと、自暴自棄、自嘲気味に考えた。

ハント家の墓場は、逆方向だったかしら。方向を変えようと足を踏み出した時、腱《けん》が切れたままの足首が不安定に傾《かし》いで、体のバランスが崩れた。

「あ……っ」

濡れた地面に派手に転ぶみじめな姿を想像したが、エディスの体はなぜかぬかるんだ土にぶつかる前に動きを止めた。

「――何をしているんだ、一体、こんな時間にこんなところで」

聞こえてきたのは、ウィルフレッドの声。

「……」

エディスはあまり驚かなかった。ウィルフレッドが自分を監視しているのではと、もう気づいたからだ。今はすっかり失念していたが。

「……あなたこそ、こんなところで、何をなさっているの？」

ウィルフレッドの手で傾いた体を立て直してもらいながら、エディスはふてくされた声音で問うた。問うたつもりだった。

しかし漏れ出た声はいかにも泣き出しそうな、か細く頼りない響きになってしまい、「しまった」と悔やむが、遅い。

「泣いているのか？」

「……泣けないわ。涙、なんて、出ないんだもの」

もう立っていられなくて、本当はその場に座り込んでしまいたかった。ウィルフレッドが両腕で体を支えてくれているせいで、叶わない。それがなぜか、猛烈に腹立たしい。

「泣けないの、だって私、死んでいるんだもの。こんなに悲しいのに、こんなに、泣きたいのに――」

腹立ち紛《まぎ》れにウィルフレッドを睨みつけてやろうと、ぐっと頭を擡《もた》げる。

なのにウィルフレッドがそっと、慎重な手つきで頬に指先で触れてくるものだから、睨むことができなかった。

ウィルフレッドはエディスの顔をじっと覗き込むようにしている。

そうしないと、消えそうなガス灯の光だけでは、よく見えないのかもしれない。

「……泣いているように見える」

「……え？」

「泣いているんじゃないのか、これは」

ウィルフレッドの指が、グローブ越しにエディスの目の縁を撫でる。

瞬《まばた》きを忘れていたエディスの瞳に細い雨が当たってすべり、目の縁《ふち》に溜まって、大粒の涙のようにぽろぽろと落ちた。

「……ただの雨だわ」

「そうか。なら、よかった」

ひとりごとのように呟きながら、ウィルフレッドが改めてエディスを真《ま》っ直《す》ぐ立たせると、コートのポケットから大判のハンカチを取り出してエディスに差し出した。エディスはじっとそれを見下ろす。

「早く拭《ふ》け。それに、上着くらい着なければ風邪を……」

言いかけたところでウィルフレッドが少し気まずそうに言葉を切った。

エディスは何だか笑ってしまった。

「風邪なんて、ひかないわよ。私、死んでいるんだから」

ウィルフレッドがさらに気まずそうに黙り込んだので、エディスはますます面白くて、つい今し方まで泣きたかった気分なんて忘れてしまって、小さく笑い声を立てた。

ウィルフレッドはエディスを家まで送っていくと言ったが、エディスが帰りたくないと主張すると、とにかく雨を避けなければと近くに停めてあった馬車に乗せてくれた。

「一体、どこに行くつもりだったんだ」

箱形の馬車の向かいで、ウィルフレッドが不機嫌そうに訊ねてきた。機嫌が悪いというより、先刻の失言をエディス本人が笑って気にしなかったことが、逆に気まずいというような雰囲気だった。

「墓地よ」

「墓地？」

「ハント家のお墓。そこが本来の私のいる場所なんじゃないかって思って……」

答えるうちに、見る見るウィルフレッドの眉が寄るので、エディスは少し身を縮めた。

「馬鹿げたことを」

「どうしてよ。屍体は屍体らしく、お墓の中にいるのがお似合いでしょう」

「こんなに元気に喋《しゃべ》って動き回る屍体がいるものか」

「いるものかって、実際、いるんだから仕方がないじゃない」

言い返しながら、エディスはふと、ウィルフレッドの言葉に違和感を覚えた。今さら、「屍体がいるものか」などと言い出すなんて。

「ウィルフレッド、あなた、もしかして私が死んでるって、信じていないの……？」

「……」

ウィルフレッドはエディスから視線を逸らし、答えない。

（……そうか。ウィルフレッドは、私を『魔女』と呼んだんだった）

『生ける屍』ではなく、『屍になっても動く魔女』だとでも思っているのだろうか。魔女だったら墓場は似合わない。だからといって、どこがお似合いかなんて、エディスにはわからなかったが。

「ねえ、ウィルフレッド、あなたはどうして私をこうしてずっと見張っているの？」

エディスは思い切って、気になっていたことを訊ねた。

「私が『魔女』で、危険だから、おかしな魔術を使わないように見張っているの？」

「……そうだ」

少しは誤魔化《ごまか》すだろうかと思っていたのに、ウィルフレッドが頷いたので、エディスは少しだけ驚いた。

「私、魔女ではないし、魔術なんて使えないわ」

「……」

ウィルフレッドはなぜか、また黙り込んでしまった。迷っているふうでもある。

魔女め、と最初にエディスを糾弾《きゅうだん》した時のような憎しみが、かすかに視線を彷徨わせるウィルフレッドの眼差しから薄れている。

「そんなわけがない、と言いたいのに……」

しばらく黙ったあと、溜息混じりにウィルフレッドが言葉を漏らす。

「君がとても魔術なんて使えそうに見えないから、困るんだ」

エディスはぱっと明るい笑顔を作った。

「私、善良そうに見えるかしら」

死んで以来、散々周囲から信仰心のない悪《あ》しき存在だと思われ続けているらしいので、エディスは充分傷ついていた。

邪悪に見えないというのであれば、とても嬉しい。

「いや、善良というか……」

しかしウィルフレッドは少し口籠《くちご》もってから、

「とても悪智慧が働くようには見えないというか、あまりに頼りなさすぎるというか」

ぼそりと答えた。エディスはエディスで溜息をつく。

「褒められていないのは、とてもよく伝わってくるけど。悪辣《あくらつ》だと思われていないのなら、よかったわ」

きっと、先刻の泣き顔を見られたせいなのだろう。頼りないというか、魔女と呼ぶにしては情けないと思われたに違いない。

弱々しいところを見られてしまったのは口惜しい気もするが、魔女だと憎まれるよりは断然いい。

そう思って口許を綻《ほころ》ばせたエディスは、ウィルフレッドがじっと自分をみつめる視線に気づいた。

ウィルフレッドは微かに目を瞠り、驚いたような、どこか動揺したような様子をしている。

「……？　どうしたの？」

エディスが遠慮がちに訊ねると、ウィルフレッドは我に返ったふうに、エディスから目を逸らした。

「……いや……何でもない」

「何でもないっていう感じじゃないわ」

「……まるでエディスみたいだ、と思っただけだ」

「え？」

ウィルフレッドの言葉の意味がよくわからず、エディスは首を傾げる。

（まるで私みたい？）

エディスは元よりエディスだ。自分らしく振る舞ったところで動揺される理由がやはりわからなかったが、ウィルフレッドがそれ以上は頑として答えまいという空気をあまりに強く醸《かも》し出すものだから、もう何も言えなくなってしまった。

訪れた沈黙が、やけに気まずい。

（少しだけ、穏やかに話せたような気もしたのに）

ウィルフレッドのことをどう受け止めていいのか、エディスには判断が付きかねた。

死んでから再会した時は、魔女だと罵《ののし》られて憎まれていると感じ、その後に会った時にも好意など欠片も見えず、怖い人、嫌な人だと思った。「君の存在を邪魔だと思っている人間がいる」と言われた時には、ウィルフレッドこそがそういった人間なのではと、恐怖すら覚えた。ヒューゴに対する態度の失礼さに困惑もした。

いい思い出などひとつもない。

死ぬ前も、死んだあとはなおさら、苦手だと感じるようなやり取りしかしていないのに——、

(でも私、今、ここから逃げ出したいとは、思っていないわ)

お互い黙り込んでいるのが気まずくはあるけれど、嫌気が差す感じではない。むしろ、気まずいのにまだこの場を離れる気が起きないくらいには、親しみを覚え始めている。

(どういうこと……なのかしら?)

自分の気持ちなのに、自分でうまく判別がつけられない。

まだ家に戻る気にはなれないから、こうして馬車の中で雨宿りをさせてもらっているのはありがたい、ということくらいしか、はっきりとはわからなかった。

「……判事になるための勉強、きちんとしていらっしゃるの?」

何か話して、何か摑みたい。その一心で、エディスは思い浮かんだことをそのまま口にした。

「え?」

問われたことが予想外だったのか、戸惑ったようにウィルフレッドが再びエディスに視線を

向ける。

急な質問すぎたかしらと恥じ入りながらも、引っ込みが付かず、エディスもウィルフレッドを見返した。

「私のことを見張るのに忙しそうだけれど、学校や図書館に通う時間があるのかしらって、訊ねているの」

見る見るウィルフレッドの眉間に皺《しわ》が寄る。エディスは自分の言葉の選び方の不味《まず》さに思い至った。

「こ……これじゃ、何だか詰問《きつもん》しているみたいね、ごめんなさい。皮肉とかそういうつもりじゃなくて……何というか、心配で」

ウィルフレッドの眉間の皺がさらに深くなったが、先刻までの不快そうな表情が、微かな驚きに変わっているように見える。

その表情の変化の理由がひとつもわからなくて、エディスは混乱しつつ続けた。

「だ、だって、判事になるのって、とても大変なんでしょう？　きっとたくさんお勉強をしなくちゃいけないだろうし……」

驚きから、ウィルフレッドの顔が微かな失望と——悲しみへと変わっていくことに、エディスは内心ひどく焦燥《しょうそう》した。

そんな顔をしてほしくないのに。

どうして自分の言葉はウィルフレッドの表情を曇《くも》らせ、怒らせ、悲しがらせてしまうのだろう。

そう考えると、エディスまで悲しくなってくる。

「ごめんなさい、きっと、余計なことね。私が触れるようなことではないんでしょうけど……」

「やっぱり、知らないいんだな」

「――え？」

ウィルフレッドは目を伏せてしまった。悲しげな、何かを諦めたような顔で。

「知っているわけがない。『君』に話したことは、ないはずなんだから」

「……何を……？」

「俺が判事になるつもりなんてないってことをだよ」

エディスは小さく、息を呑んだ。

それを見たウィルフレッドが、苦笑気味に笑う。

「誰に言っても、そうやって驚くんだろうな」

違うわと、エディスは声に出して言えなかった。

止まっているはずの心臓がどくどくと急に脈打ったような錯覚がして、胸を押さえる。

頭の芯がクラクラした。

（違うわ、私――知っている……）

判事の息子であるウィルフレッド、スワート家の長子《ちょうし》たるウィルフレッド、彼が父と同じ職業を目指していると、彼の家族も、世間の人々も、エディスの両親たちも、信じている。

けれどエディスは知っていた。知っていた、気がする。

彼に、判事を目指す以外の未来があることを。

(痛……心臓、痛い、どうして……痛みなんて、もう感じないはずなのに)

歪《ゆが》んだ顔を見られたくなくて俯《うつむ》くエディスの態度を、単なる動揺だと思ったのか、ウィルフレッドが微かに笑う気配がする。

「そこまで驚かなくてもいいだろ。他言無用とは言わない、君の言うことなんて、誰も信用しないだろうし」

ひどいことを言われている気がするのに、言い返す余裕もない。

ウィルフレッドもそれ以上何も言わなかった。

重苦しい沈黙が続く。雨の音だけが響く。

「……本当のことを教えてくれ」

しばらく黙り込んだ後に発されたウィルフレッドの声は、どこか懇願《こんがん》する響きがあって、エディスは訝《いぶか》しい心地になった。

「君は誰なんだ?」

何を問われているのかわからず、痛みに喘《あえ》ぎながら顔を上げたエディスは、目を凝らしてウイルフレッドを見返す。

「誰って……私は、私よ。エディス・ハント。今さら名乗るまでもないと思うけど……」

「君はエディスじゃない」

「……え？」

「たしかに姿形はよく似ているが、別人だ。どうして誰も何も言わないのか俺には理解できない。君の『親友』も、家族も、医者も」

またた。ウィルフレッドはまた、ひどいことを言う。

「なぜあなたがそんなことを言うのか、理解できないのは、私の方だわ」

精一杯、エディスはウィルフレッドを睨んで言った。ウィルフレッドがきつく眉根を寄せる。

「ほら。エディスはそんなふうに言い返せる人ではなかった。他人と目を合わせることすら苦手で、いつも控え目に微笑んで、でも誰より優しい人だった」

「……っ、そんなの、一度死んだら、性格くらい変わるわよ」

ウィルフレッドの言いように、エディスは自分でも驚くほど腹が立ったし、同じくらい悲しかった。

「私が生き返ったことが、どれほどあなたの気に入らないのかは知らない。たしかに以前の私《エディス》は泣いてばかりの弱虫だったけど、家族にすら見放された今、めそめそしていたって仕方がないじゃない。私自身がしっかりしないとって、必死に……」

俯いて、顔を覆う。涙が出ない代わりに息を吐き出す。嗚咽《おえつ》が混じる。ウィルフレッドの言葉をこれ以上聞きたくはないのに、辛くて体が動かない。馬車から飛び降りて逃げ出すことができない。

「……彼女は気弱で、きっと自分の意思を持たない、人形のような子だろうと思っていたよ。貴族の大抵の娘がそうであるように。だから最初は流されて俺と婚約したのかと思っていた。お互いの両親に言われて仕方なく。実際そういう部分もあったんだろうけど――でもエディスは、きちんと俺のことを見てくれた」

エディスはのろのろと顔を上げて、ウィルフレッドを見た。

ウィルフレッドはエディスをじっとみつめている。

（……違う。私じゃないわ）

視線はエディスを捉えているのに、ウィルフレッドが見ているのは別人だ。

別の『エディス』だ。

「初めて言葉の通じる人と出会った気がしていた。家柄で結ばれることを決められたようなものだったけど、彼女は俺に『スワート家の跡継ぎ』でもなく、『判事の息子』でもなく、ただのウィルフレッドとして接してくれたんだ。うわべだけの虚《むな》しい、無意味な会話なんて、俺と彼女の間にはなかったんだよ。他の誰ともそんなことはできなかった。だから」

「……」

誰のことを話しているのかしらと、エディスこそ、思った。

（そんなの、知らないわ）

ウィルフレッドとはうわべだけの婚約関係だった。社交の場にエスコートしてくれることもなく、手紙ひとつ、贈り物ひとつ寄越してくれることもなく、冷たい人だと感じていた。

「君はエディスにそっくりで、誰より美しいと思う。だがそれだけだ。俺を見る目が違う。瞳に宿る輝きが違う。エディスの瞳には星が宿っていた。化粧で飾り立てなくても、いつも頬を上気させて、輝いていたんだ」

ウィルフレッドが両手で顔を覆う。その仕種を見なくても、言葉と、そこにこもる熱だけで疑いようもなくわかった。

（ウィルフレッドは、『エディス』を愛していたのね）

エディスの知らない『エディス』を。

「泣かないで、ウィルフレッド」

苦しげなウィルフレッドを見ていると、エディスも悲しくなった。悲しいと思う資格など、ないのかもしれないけれど。

今まで以上に、キリキリと、胸が痛む。呼吸など必要としていないのに、息ができないような気分になった。

「……やめてくれ」

顔を上げたウィルフレッドは、泣いてはいなかった。だが辛そうなままの表情に、エディスは安堵なんてできない。

「まるで俺のエディスのような顔をするのはやめてくれ。君は贋物だろう。彼女の声で、彼女のように喋らないでくれ。本物の彼女は……」

言いかけて、ウィルフレッドが口を噤《つぐ》む。どこか混乱した様子にも見えた。

「違うわ、私……」

自分は自分だと信じていたエディスの心が、揺らぐ。

ウィルフレッドの言うように、自分をエディス・ハントだと思い込んでいただけなのではと、疑う。

(そんなはずない。ちゃんと知ってる、わかってる、覚えてる。……でも……)

ウィルフレッドの語る自分を、まるで覚えていない。

急激に、エディスの全身を恐怖が覆った。

ウィルフレッドのことだけでなく、殺された時のことも覚えていない。あの手紙のことも。

それは『覚えていない』のではなく、『知らない』のでは――?

(違う、違うわ、忘れているだけ、私は……)

がたがたと、勝手に体が震えた。

「……大切なものを……」

震えながら、喘ぐように、エディスは声を絞り出した。

いつも自分がどうやって声を出しているのか忘れてしまったかのように、うまく言葉が紡《つむ》げない。

「え？」

ウィルフレッドもよく聞き取れなかったのか、訝しそうに問い返している。

「どうした——君、元から真っ青なのに、もっと土気色になってるぞ」

「大切なものを、埋めるのよ」

「——え？」

「花の下に……愛しいあなたを、誰の手にも触れられないよう、咲き誇る花の下に隠してしまおう……」

「……何を言っているんだ」

エディス自身、なぜその言葉を唇から零《こぼ》しているのか、理解できない。

ただそれを吐き出さないと、苦しくて、苦しくて、狂ってしまいそうだった。

「君……おまえは……一体、何を言っているんだ……？」

ウィルフレッドの顔色も真っ青だった。強張《こわば》った表情でエディスを見ている。

エディスは強く首を振った。

「わからない……手紙を、みつけたの……私が書いたの……」

（駄目、ウィルフレッドに言っちゃ駄目よ、エディス）

それは秘密の、ウィルフレッドではない想い人への、ラブレターなのに。

（知られてはいけないの。誰にも。大切だから。埋めて、花で隠して、そうして）

「書いた覚えなんてないのに、でも、私の字なのよ。そんな言葉、知らないのに……！」

胸と喉を押さえ、エディスは蹲《うずくま》った。

苦しい。

どうしてこんなに苦しいのだろう。

いつ自分が動けなくなるかという恐怖より、それを誰とも分かち合えないという悲しさより、もっとずっと辛くて苦しい。

助けてほしい。どうか、助けて。

エディスは向かいに座るウィルフレッドへと縋《すが》るように手を伸ばそうとした。

「――どこかの三文詩人《さんもん》の書いた文章でも、書き写したんじゃないのか」

だがその指先は、冷たく突き放すようなウィルフレッドの声音によって払い落とされた。

「くだらない、つまらない詩だ。何の価値もない。そんなものが書いてある手紙なんて、捨てた方がいいんじゃないのか」

「……」

ウィルフレッドの冷淡な声音が、まるで呪文のように、エディスを壮絶な苦しみから解き放った。

「泣くほどのことか？」

嘲笑《あざわら》うようなウィルフレッドの言葉で、完全に苦痛が消え失せる。

代わりに残ったのは、胸を何かで貫《つらぬ》かれ、塞《ふさ》がらないままに治ってしまった後のような空虚さ。

「泣いてないわ、泣けないもの。でも、そうね。……何をこんなに、辛いと思ったのかしら」

苦痛とともに、ウィルフレッドに対する憤りや悲しさも、胸の中に燻《くすぶ》っていたヒューゴへの怒りも、カリンへの八つ当たりの気分も、自分がひとりぼっちのように感じた寂しさも、消え失せた。

「帰るわ。悪いけど、運んでくれるかしら。歩くのが面倒になってしまったから」

「――」

ウィルフレッドは突慳貪に頷くと、馭者《ぎょしゃ》に指示をして、馬車を走らせ始めた。

エディスの屋敷に辿り着くまでの短い時間、二人とも何も言葉を交わさず、別れる時もエディスがただ「ありがとう」と運んでくれた礼を言い、ウィルフレッドが短く「ああ」と答えただけで終わった。

「何だ、戻ったのか」

ウィルフレッドを乗せた馬車がすぐに去っていき、エディスが屋敷の中に戻ると、階段の上から顔を覗かせたヒューゴが無愛想に言った。

「ええ。ただいま」

エディスが素っ気なく答えると、ヒューゴは肩を竦めただけで、客間に引っ込んだ。

「お嬢様、また、そんなに濡れて」

カリンが渋い顔で自分を着換えさせ、髪を乾かすのを、まるで他人事《たにんごと》のように感じながら、エディスはその途中で急激な疲労を覚えて倒れるように眠ってしまった。

気がつけば、エディスは二日ほど眠りこけていたらしい。

「お食事の心配もないから、放っておきましたけど。シャンカール医師の診察で、眠っているだけだろうと言われましたし」

愛想のない侍女が、起き抜けのエディスに告げる。

「……寝息も脈もないでしょうに、どうして『眠っているだけ』ってわかるのかしらね、シャンカール先生って」

エディスはベッドの上で、慎重に手脚を伸ばした。動かさない時間が長かったせいか、どうも、体が硬くなっている気がする。

ギシギシと軋《きし》む音まで聞こえてきそうで怖《おそ》ろしかったが、しばらくあちこちをゆっくり伸ばしたり回したりしていたら、普段通り動けるようになってくる。

「時々寝言をおっしゃっていましたから」

「えっ、本当に？」

カリンの言葉に、エディスはぎょっとした。

「な、何かおかしなこと、言ってたりした？」

「さあ、ほとんど意味のわからないことだった気がします。時々、お茶が飲みたいとか、スコーンが食べたいとか、欲望を口に出していらっしゃってましたけど」

「そう。なら、いいわ」

少しほっとする。ウィルフレッドの前でそうなったように、勝手にあの手紙の内容を口走っていたりしたら、何となく、恥ずかしい気がしたのだ。

（そういえば……何だったのかしら、あれ）

ベッドから起き上がると、エディスはそっと自分の胸を押さえた。

ウィルフレッドと話していた時、ひどく苦しかった気がするが、その苦しさを今は思い出せない。

（まあ、いいか）

苦痛は消えたが、胸がやけに重たい気がする。胸というか、全身というか。体の硬さは薄れたはずなのに、動かすことにやたら気持ちを集中しなくてはならなかった。

いっそこのままもう少しベッドで眠っていようか。エディスはそう決めて、再びベッドに横たわった。

「まだ寝ているわ、起きたくなったら勝手に起きるからそっとしておいて」

「はあ、ではそうさせていただきます」

カリンに下がるよう告げると、エディスはまた目を閉じたが、あまりゆっくりと寝直すことはできなかった。数刻経《た》たないうちに、カリンが再び部屋にやってきたのだ。

「お嬢様、アイミア様がお見えです」

「そう……なら、起きないと」

せっかくの客人を追い返すわけにもいかない。ひとまずカリンを応対に向かわせ、エディスは寝間着から着換えると身支度を整え、自分も部屋を出た。

階段に向かう途中、ちらりと客間の方を見る。ドアが閉ざされているので、ヒューゴがまだ眠っているのか、起きているのかはわからなかった。声をかける気は起きない。今は特別彼に腹を立てているわけでもなく、眠っているのであれば起こすのが気の毒だと思っただけだ。

「いらっしゃい、アイミア。お待たせしてごめんなさい」

声をかけてから、エディスは広間にいるアイミアの表情が固いことに気づいた。

「アイミア、具合が悪そうよ。大丈夫?」

「ええ……平気よ、心配しないで」

アイミアがぎこちなく微笑《ほほえ》みながらそう答えるが、顔色はあまり優《すぐ》れない。

エディスが彼女にソファを勧めた時、お茶の乗ったワゴンを押したカリンが部屋に現れた。

アイミアが、カリンをどことなく気にしている様子でちらちらと視線を向けている。

「あとは私がやるからいいわ、あなたは下がっていて、カリン」

アイミアがどうやら自分と二人きりで話したいことがあるのだと察して、エディスはカリンに告げた。カリンがすぐに下がり、エディスは彼女の持ってきたワゴンを引き継いで、アイミアのために紅茶を淹《い》れる。

「どうぞ、召し上がって」

「ありがとう」

アイミアはエディスの心配げな視線に気づいたようで、強張《こわば》った笑顔をほんのわずかに緩《ゆる》めた。

「少し、寒いだけなの。外はまた雨だから」

「暖炉《だんろ》に火を入れる？」

「そこまでじゃ――いいえ、そうね。そうしてもらえると助かるかも」

「待っていてね」

エディスは急いで暖炉の前に向かったが、そこで動きが止まってしまう。

暖炉の中は空だった。今は春とはいえ、肌寒い日が続けば、真冬ではなくとも暖炉に火を入れる時はあるが――何しろエディスが、暑さ寒さを感じない身だ。この家に来てから、一度も暖炉を使った覚えがない。

そもそもハント家の屋敷で暮らしていた時も、エディス自身が暖炉に火を入れたり、その火を保つために石炭を足したり火かき棒で掻《か》き回すなどということをしたことはなかった。要するにやり方がわからない。

「ねえ、もう一度だけカリンを呼んでもいい？　火を入れるなら、たぶん石炭や薪《まき》を持ってきてもらわないと……」

そう言いながらアイミアを振り返ったエディスは、途端、ぎょっと目を見開いた。

「ア、アイミア？」

ソファに座っていると思っていたアイミアが、いつの間にか、音もなく立ち上がり、きつく握りしめた両手の拳《こぶし》を、エディスの方へと向けている。

アイミアとは数メートルの距離があったので、エディスは彼女が震える左手に握るそれが何なのか、すぐにはわからなかった。

（……ロザリオ……？）

大きな十字架のついた数珠《じゅず》。

「……、……」

アイミアは低く小さな声で何かを呟いている。

教会で、ミサの時に神父が口にするような祈りを。

「……アイ……ミア……？」

信じがたい気持ちで、エディスはロザリオを握りしめるアイミアの左手から、右手に視線を

移した。

——アイミアの右手には、短剣が握られている。

儀式用の飾り剣に見えるが、鋩《きっさき》は鋭く、部屋の明かりを受けて不穏な光を放っている。

そして鋩は、見間違いようもなく、エディスの方へと向けられていた。

「待って……どうしたの、アイミア？」

一歩、アイミアがエディスの方へと近づく。

エディスは後退《あとずさ》ることもできず、呆然と友人を見返した。

「教わったの。悪魔祓《ばら》いに、方法を」

震える声でアイミアが言う。

「悪魔祓い……？　方法って、何の？」

エディスの声も震え、掠《かす》れた。

ぎゅっと、アイミアがロザリオを持つ手で、短剣の柄《つか》をも握り込む。

「『生ける屍』を、殺すための」

「——」

アイミアの双眸《そうぼう》からはぽろぽろと大粒の涙が止めどなくこぼれ落ちていた。

その泣き顔に、エディスは強く胸が痛んだ。

（アイミア……私を、憐《あわ》れんで……？）

アイミアはエディスが死んだ後も、生きていた頃とまったく同じように接してくれているように見えていた。

だが、大切な親友が『生ける屍』などと呼ばれ人々から怖れられ、死してなお此《こ》の世に留まり続けている姿を、見るに見かねたのかもしれない。

アイミアは信心深く、慈悲深い心の持ち主なのだ。

きっと彼女を苦しめ続けていたに違いない。

そう考えると、エディスは申し訳なくて、悲しくて、泣けるものならアイミアと一緒に泣きたくなった。

「駄目……どうして……こうすれば、エディスは灰になるはずなのに……」

ロザリオと剣の柄を握りしめる手を震わせ、ガチガチと音を立てながら、アイミアの視線が狼狽《ろうばい》したようにあちこち彷徨《さまよ》っている。

詠唱《えいしょう》と十字架で、『悪魔』を祓えると、誰かから教わったらしい。

だがエディスの体にも魂にも何ら変化はない。優しい親友にそんな役割を負わせてしまったという事実が、ただ悲しいだけだ。

「ごめんなさい、アイミア、あなたをそんなに悩ませているなんて、私」

「今度こそ、殺すわ」

「え？」

とにかく一旦落ち着かせよう。倒れそうな顔色で短剣を握りしめるアイミアに、できる限りゆっくりと優しい声音で呼びかけようとしていたエディスは、相手の言葉に絶句した。

（今度こそ？）

何か、おかしな言葉を聞いた気がする。

「アイミア、それ、どういうこと……？」

「でもエディス一人では逝《い》かせない。かならず私も死ぬわ。一緒に、天国で仲よくしましょう」

「まっ、待って、アイミア、ちょっと――きゃあ！」

短剣を腹の前で握り直したアイミアが、突進してくる。エディスはたまらず悲鳴を上げて、避けようとした。だが体がうまく動かない。腱《けん》の切れた脚のせいでバランスを崩し、その場に倒れ込んでしまう。カリンがしまい忘れたのだろう、暖炉のそばに出しっぱなしになっていた掃除道具も一緒に倒れ、派手な音を立てた。

「待ってったら、アイミア、アイミア！」

アイミアがエディスの脚の上に馬乗りになり、短剣を頭の横に振り上げる。エディスはアイミアの下から這い出ようと必死にもがく。

「誰か！　助けて、嫌！」

短剣で刺されようが、痛みなど感じないかもしれない。そう思ったところで恐怖が収まるわけもなく、エディスは悲鳴を上げた。剣を握るアイミアの手を遠ざけようと、闇雲に腕を振り回す。何度か刃が当たった気がする。やはり痛くはない。痛くはないが、そんなことは何の慰めにもならない。

「エッ、エディス様……アイミア様⁉」

部屋の入口の方から、仰天《ぎょうてん》したようなカリンの声が聞こえた。だが足音も物音も近づいてはこない。状況の異様さに怯《ひる》んでいるのか、捨て身で主人を助けるほど忠誠心がないのか、どちらにせよ無理はない、とエディスだって思う。

「助けを、カリン、誰か呼んで……！」

ざくりと、顔の真横を短剣の鋩が掠めて絨毯《じゅうたん》に刺さる。エディスはまた悲鳴を上げる。カリンの悲鳴も聞こえた。助けを呼びに行くこともできないくらい、カリンはカリンで混乱しているようだ。

「ヒューゴ！　助けて、ヒューゴ！」

あと家の中にいるのは、あの客人だけだ。エディスが精一杯の声で叫ぶと、ばたばたと足音が近づいてくる。

「おい！　何をやっている！」

「ヒューゴ！」

助けに来てくれた。エディスはかすかな光明《こうみょう》を見た思いでその名を呼ぶ。

「やめろ、エディスから離れろ！」

「近寄らないで！」

ヒューゴの怒声を上回る声で、アイミアが叫んだ。ヒューゴはそれでもアイミアに駆け寄り、彼女の手から短剣を取り上げようと腕を摑んでいる。

「触らないでよ！」

だがアイミアが抵抗して腕を振り上げ、剣を握ったままの拳《こぶし》がヒューゴの顎《あご》を直撃した。

「ガッ……！」

そのまま、ヒューゴが引っ繰り返る。仰向《あおむ》けに倒れたままもう動かない。一撃で気絶させられたらしい。まったく助けにならなかった。

アイミアはすぐにまたエディスに向き直り、膝立ちの恰好《かっこう》で見下ろしてくる。

「さあ……いきましょう」

ぜいぜいと肩で息をするアイミアの顔に、エディスはぞっとした。

アイミアは目が据《す》わり、動いたせいか興奮のあまりか頬が紅潮して、苦痛に顔を歪《ゆが》ませている。

いや、苦痛ではなく、悦《よろこ》んでいるようにも見えた。

恍惚《こうこつ》、という表現がぴったりな様子だった。

「アイミア、どうして……？」

アイミアは本気だ。本気で自分を殺そうとしていると、エディスにはわかってしまう。冗談でこんなことをする子ではない。驚かせるための性質《タチ》の悪いお芝居とも思えない。誰かに脅《おど》されて仕方なくというふうにすら見えない。

アイミアはアイミアの意思で、エディスを殺そうとしている。

「友達なのに……」

「そうよ、大切な、私のエディス。苦しませてごめんなさいね、すぐに全部終わらせるから」

「嫌……」

エディスはアイミアに組み伏せられたまま、力なく首を振る。

——思い出してしまった。

(あの日、私を呼び出したのは、アイミアだった)

エディスが死んだあの日。

朝から陰鬱《いんうつ》な雨が降っていたあの薄暗い日に、アイミアから手紙が届いて——誰にも秘密の相談があるから、こっそり家を抜け出してきてほしいと書かれていて——、

(買い物をすると嘘をついて、ハント家の馬車は途中で帰らせて、辻馬車でアイミアに呼ばれた森に行って)

馬車を降り一人で森の奥へ進むと、深く茂った葉のおかげで雨をしのげた。

アイミアは大きな木の陰でエディスを待っていて、ピクニック用のシートを敷いて座っていて、手招きしていた。

寒かったでしょう、ごめんなさいねと謝られ、誘われるまま、エディスはアイミアの用意してくれたお茶とお菓子を口にした。

そのどちらかが原因かはわからない。

（どちらかに、毒が、入っていた……？）

「心臓を貫《つらぬ》くか、首を落とすか。詠唱も十字架も効かなければ、それしかないと教わったわ。苦しくはないのよね？　そうじゃなかったら、私、二度もあなたを殺そうなんて思えなかったわ、エディス」

「どうして？」

再び、エディスは訊ねる。

アイミアはうっとりとした顔で笑うばかりだった。

「あなたがいけないの。私に、嘘をつくから」

「嘘？」

意味がわからず、眉を顰《ひそ》めて問い返す。

途端、アイミアの顔が悲しげに歪んだ。

「……覚えてないのよね。だって私が、薬を飲ませたんだもの」

悲しげな顔のまま、アイミアがもう一度笑う。

エディスは彼女の言葉の意味がわからず、気がふれてしまったのではと、怖ろしくなった。

「忘れたままでいいの。本当に忘れてたんだって、嬉しかったのに。……どうしてまた、私ではない人と一緒にいようとするの？」

アイミアの短剣の鋩が、ゆっくりと、エディスの左胸の上に触れる。

恐怖に強張ったエディスは、体を動かすことができない。

(今度こそ死ぬの、私？)

心臓を貫かれれば。あるいは、首を落とされれば。体は二度と動かず、この魂も感情も思考も失われ、『生ける屍』からただの『屍』に成り果てるのか。

(そんなの、嫌)

ヒューゴは気絶したままなのか、ぴくりとも動かない。首を巡らせてもカリンの姿は見えない。巻き込まれることを嫌って逃げ出してしまったのだろう。

(誰も助けてくれない。誰も、私の味方なんていない)

死ぬことよりも、自分がたったひとりだと思うことの方が、エディスには怖かった。

(誰も……)

ぎゅっと目を瞑《つむ》る。

刹那《せつな》、瞼《まぶた》の裏に、その人の姿が浮かんだ。

いつも不機嫌で、憎悪すら瞳に浮かべて自分を見る人。

優しい言葉などかけてもくれない、ひどい言葉ばかり自分に投げつける冷たい人。

なのに。

（どうして、こんなに、胸が痛むの）

もう心臓を貫かれてしまったのかと思った。その人の、ウィルフレッドのことを思った途端、悲鳴を上げたくなるほど胸が軋《きし》んだ。

そんな気持ち、三日前彼に会った時、失ってしまったと思っていたのに。

「ウィル……ウィルフレッド、助けて、ウィルフレッド！」

「やめて！」

最後の望みのように彼の名を叫んだエディスの声を掻き消そうとするように、アイミアが悲鳴染みた声を上げた。

「そんな人の名前を呼ばないで！　あんな男――」

「……俺の名が、何だって？」

「え？」

意表を突かれたように漏らした声が、自分のものなのか、アイミアのものなのか、エディスにはわからなかった。

きつく瞑っていた瞼を開いた時、嫌がるアイミアの腕をウィルフレッドが捻《ひね》り上げ、彼の後ろで涙目のカリンが必死にモップを構え、アイミアを威嚇《いかく》している姿が目に入った。

「離して！　離しなさい、触らないでよ！」

日頃優しく穏やかな彼女からは想像もつかないような表情と声で悲鳴を上げ、アイミアが手脚をばたつかせている。だがウィルフレッドが捻り上げた手から短剣が落ち、カリンがモップでその剣をアイミアの手が届かないところまで弾き飛ばした。

ウィルフレッドがロザリオを取り上げると、それで諦めたのか、アイミアががっくりと項垂《うなだ》れる。

その様子を、エディスはただ呆然と見守った。

◇◇◇

「……大丈夫か」

床に仰向けに転がったままぼうっとしているエディスを見て、きつく眉をひそめたウィルフレッドが呼びかけてくる。

エディスは差し出された彼の手を取って、どうにか起き上がった。

エディスはのろのろとアイミアを見た。今はカリンが部屋の隅に彼女を追い遣《や》り、また威嚇するようにモップを突きつけている。

「……ウィルフレッド……どうして……？」

なぜ彼がここにいるのかがわからない。

「彼女が、血相《けっそう》を変えてこの家から飛び出してきて、助けを求めたんだ」

てっきり逃げ出したと思っていたカリンは、エディスを助けようと、家の外に人を呼びにいってくれていたらしい。

「たまたま通りがかって、よかった」

ウィルフレッドはそう言うが、偶然のはずがない。だがそこを追及する気にはなれず、エディスは彼からアイミアへと視線を移した。

「……アイミア……」

小さな声で呼びかけると、呆けたように床に座り込み深く項垂れていたアイミアが、びくりと全身を揺らした。

「どうして？　あなたはどうして、私を殺そうとしたの……？」

ウィルフレッドも険しい表情でアイミアを見ている。

「思い出したのよ、私。あの日、あなたに呼び出されて森に行ったの。あなたはバスケットを持っていて、『急に呼び出してごめんなさい、食事はもうすませた？　サンドイッチを作ってもらったから、一緒に食べましょう。お茶もいかが？』――」

まるでつい先刻のできごとのように、アイミアの言葉まで思い出せる。今まで忘れていたことが不思議なくらい、鮮明に。

「サンドイッチか、お茶に、薬を入れたの……？」

「お茶よ」

ぽつりと、アイミアが呟く。

そうだろうと思っていたのに、彼女自身に肯定《こうてい》されると、エディスは言葉を失ってしまう。

どうして、とまた訊ねたいのに、喉が動かない。

「君は、エディス・ハントの親友だったんだろう。なぜ殺したんだ」

黙り込んだエディスに代わってウィルフレッドが問うと、アイミアがゆっくりと顔を上げ、エディスの傍《かたわ》らに立つウィルフレッドを怖ろしい眼差しで見据《みす》えた。

「あなたになんて答えたくないわ」

ウィルフレッドも口を噤《つぐ》む。アイミアの視線に黙らされたのか、あるいは自分がこれ以上訊ねても意味がないと考えたのか。

「アイミア」

どうにかエディスが促《うなが》すと、アイミアは急に力を失くしたように、再び項垂れた。

「……私には、エディスだけだったのに」

声にも力がない。消え入りそうな掠れた音を、ようやくという感じで喉から絞り出している。

「あなたがいなければ、何もできないのに。どうして私から離れようとするの？」

「何を言っているの、アイミア。私があなたから離れようとするわけがないじゃない、一番大切な親友なのに」

アイミアの苦しげな言葉に、エディスは二重の意味で、ひどく驚きながら言った。

「それに私がいなければ何もできないなんて、ありっこないわ。私こそ、アイミアがいなければ夜会に行くのも心細くて、いつもあなたにくっついていたじゃない。私にお姉様がいたらきっとこんなふうだろうって、私ずっと思っていて」

「私、エディスが思ってくれているような子ではないのよ」

虚脱《きょだつ》した表情のまま、アイミアが自嘲気味に笑う。

「小さな頃は、うんと人見知りで、初めてエディスと会った時もとても緊張していたし、仲よくなれるかどうか心配だった。先に会った他の子たちのように意地悪だったらどうしよう、嫌な子だったらどうしようって……でもエディスは私よりずっとずっと緊張して、真っ青な顔で俯《うつむ》いて、震えて……それを見たら、私、胸が熱くなって」

そっと、アイミアが自分の胸の上を両手で押さえている。

「エディスは小鳥のように愛らしかったわ。初めて顔を合わせる私を前に、可哀想なほど不安がって、目に涙すら浮かべて、お母様のスカートにしがみついていた。だから私、自分がこの可愛い人を守らなくちゃ、って。人見知りなんてしている場合じゃない、エディスに意地悪をする子がいたら、私が助けるの。きっとエディスはひどいことを言われても気後《きおく》れして言い返せないわ、私、自分がそうだからわかるもの。だから私は、強くなって、エディスを守るって、決めたの」

「――」

エディスはまた何も言葉が出なかった。

ずっと一緒にいたのに、アイミアがそんなことを思っていたなど、まるで気づかなかったのだ。

初めて会った時から物怖《ものお》じせず、笑顔で自分に手を差し出し「仲よくしましょうね」と優しく声をかけてくれたことが嬉しくて、それからずっとアイミアと一緒にいることに安堵していた。

アイミアのように、優しい人には優しく、相手によっては毅然《きぜん》とした態度を貫けるようになりたいと、憧れもした。

「なのにエディスは、私の他に愛する人ができて……その人とのことを、隠した」

エディスははっとした。咄嗟《とっさ》に、傍らに立つウィルフレッドを見上げる。

ウィルフレッドは険しい表情でアイミアを見据えていた。

(待って、アイミア、言わないで)

アイミアは、知っていたのだ。エディス自身が忘れてしまった、『秘密の想い人』のことを。

あのラブレターの相手を。

ウィルフレッドが知っていて、もしかしたらそのせいで自分が殺されたのではと疑った時もあった。

だが犯人はアイミアだったのだ。

(本当に……?)

たった今、もう一度殺されかけたのに、エディスにはどうしてもそれが信じられなかった。

「君が毒を使ってエディスを殺したというのであれば、なぜここに彼女が存在しているんだ」

静かに問うたウィルフレッドの声に、エディスは大きく肩を震わせた。

『おまえがここにいていいはずがない』

以前エディスに向かってそう訊ねた時とまるで同じような、低く、冷たい声音だった。

「……わからない」

アイミアは疲れ果てたような声で、今度は突っぱねることなく、ウィルフレッドの疑問に答えた。

「わからないのよ。薬を入れたお茶を飲んで、エディスが倒れて……私は驚いて、とても驚いて、悲しくて悲しくて、とんでもないことをしてしまったと怖くなって、誰か人を呼んでこなくてはと走って森を出て、馬車で待っていた馭者《ぎょしゃ》を連れて戻った時には……エディスは、いなかったの」

「そんな、馬鹿な」

思わずというように呟いたウィルフレッドに、アイミアが激しく首を横に振る。

「本当だもの！　馭者と二人で探したけれど、エディスはどこにもいなかったのよ。もしかしたら気を失っていただけで、一人で帰ったのかもしれない。そうだといいと願っていたのに」

「待って」

エディスは痛むはずのない頭が痛むような気分で額を押さえながら、アイミアの言葉を遮《さえぎ》った。

「私が倒れて、驚いた？」

倒れた自分がいなくなったということよりも、よほどその方が気になって、エディスはアイミアを見遣る。

「どうして？　だってアイミアは……私を殺そうとして、毒を飲ませたんでしょう？」

「違うわ！」

再び、アイミアが勢いよく首を振った。涙の粒が散っている。

「私があなたを殺そうとするわけがないでしょう！」

「だが、君はつい先程」

「ウィルフレッドは黙っていて」

口を挟もうとしたウィルフレッドを、エディスはぴしゃりと止める。ウィルフレッドは不満げだったが、エディスはそれに構っていられなかった。

「じゃあ、なぜ毒を……？」

「毒だなんて思わなかったのよ」

涙を零《こぼ》しながら、アイミアが言う。

「人を殺すためのものだなんて知らなかった。あなたが急に倒れ込んで、死んでしまったように見えたから、本当に驚いたわ。薬だと思っていたから飲ませたのに……」

「薬？　……一体、何の？」

「……忘れるための」

「え？」

「愛する人を、忘れるための薬だと」

「――」

エディスの脳裡《のうり》に、あのラブレターが、そこに書き連ねられた文字が浮かぶ。

「飲めば、最も愛した人に関わる記憶を失うと。……あなたが元どおりになれば、きっと以前のように、私と一緒にいる時間が増えるんじゃないか、って……」

アイミアが短く、何度も息を吐き出す。笑っているようだった。

「一度死んだはずのあなたが生き返って。そのせいで婚約も破棄されて、社交界からも爪弾《つまはじ》きにされているのを見て、嬉しかった。これでようやく、ずっと望んでいたとおり、私だけのエディスになるんだわと思ったのに。――なのにエディス、あなたと来たら、ラブレターの話なんて始めて」

くすくすと、声を上げてアイミアが笑う。

その様子に、エディスはどこか不安な心地になった。

「アイミア……？」

「そうね。そうなのよね。たとえ忘れたところで、再び同じ人を愛さない理由はないって……どうあがいたところで私がエディスの一番になれないことなんて、わかりきっていたのに」

アイミアが身じろぐ。ドレスのスカートを探る姿に、黙って彼女をモップで威嚇し続けていたカリンの表情が険しくなる。

「う、動かないでください」

「――初めから、こうしていればよかったんだわ」

カリンの言葉を無視して、アイミアはスカートの隠しポケットの中から、青く透明な小瓶《こびん》を取りだした。

「待て」

真っ先にアイミアの意図に気づいたのは、ウィルフレッド。

アイミアが小瓶の蓋《ふた》を投げ捨てたところで、エディスも遅れてそれに気づいた。

「駄目、やめて、アイミア！」

悲鳴のように叫びながら、エディスはウィルフレッドに続いてアイミアの方へ駆け寄る。

だが遅かった。アイミアはぐっと顎を持ち上げると小瓶の中身を呷《あお》り、ごくりと喉を鳴らして、飲み干した。

「アイミア！」

「君、水だ！　水を持ってきてくれ！」

ウィルフレッドがカリンに告げる。カリンは慌てた様子でモップを投げ出して駆け去った。

「アイミア、ねえアイミア、嫌よ、待って」

差し出したウィルフレッドの腕は間に合わず、アイミアは横向きに床へと倒れた。その全身が見るからに弛緩《しかん》している。

苦しむ素振りもなく、ただ唐突に深い眠りに落ち込んだように、瞼を下ろしていた。

「息はある」

ウィルフレッドがアイミアの唇に掌《てのひら》を寄せて、呟いた。

カリンが運んできた水差しでウィルフレッドがアイミアに水を飲ませようとするが、微かに開かれた唇から零れ落ちるだけだった。

「駄目だ、医者を呼んでくれ」

「カリン」

エディスが呼びかけるより早く、カリンは再び部屋を飛び出していた。

「アイミア……」

ぐったりと、まるで死人のように横たわるアイミアの顔も首も指先も、一切の血の気を失って真っ青になっている。

ウィルフレッドはどうにか意識を回復させようとしているのか、アイミアの頬を軽く叩いたり、大きな声で名前を呼んだりしている。

「どうして？」

エディスは呆然と座り込み、涙も出ない瞳で、動かなくなった親友をただみつめることしかできなかった。

◇◇◇

カリンに呼ばれたシャンカール医師は、幸い早くにエディスの家を訪れてくれた。

「脈が弱いな。呼吸も弱い。どこか寝かせられるところはあるかな。少し強い薬を入れてみよう」

「それなら、私の部屋を使ってください」

客間はすでに塞《ふさ》がっている。エディスの言葉にシャンカールが頷いて、ぐったりしたままのアイミアを抱き上げた。

「ところで――彼は？」

エディスは今さらになって、アイミアに突き飛ばされたヒューゴも昏倒《こんとう》したままだということに思い至った。

ヒューゴはいつのまにか部屋の片隅に運ばれ、転がされている。そばにモップが立てかけてあったから、カリンが引き摺《ず》っていったのかもしれない。

「そ、そうだわ、ヒューゴのこともお願いします。強く顎を打って、気を失ってしまったの」

「どれどれ。うん、呼吸に問題はなさそうだ。眠ってるだけに見えるけど、念のために彼も診《み》ようか。すまないが君、運んでくれるかな」

シャンカールが告げると、ウィルフレッドがどことなくしぶしぶという様子で気絶しているヒューゴを担《かつ》ぎ上げ、二階の客間へと運んだ。

エディスはシャンカールの方についていき、アイミアを自分のベッドに寝かしつけるのを手伝った。

「薬を飲んだって？　一体、何の薬だったんだい？」

「愛する人を……忘れる薬、って言っていたわ」

「うん？」

シャンカールが怪訝《けげん》な顔になる。当然だ、そんなもの、薬というよりは魔術やら、呪術の範《はん》疇《ちゅう》に聞こえてしまう。

「多分、私が飲まされたものと同じ薬だと思います。……アイミア、大丈夫でしょうか……」

自分は、死んでしまった。意識は蘇《よみがえ》ったとはいえ体は死んだままだ。

アイミアまでそんな目に遭ったらと思うと、胸が潰《つぶ》れそうな思いになった。

たとえアイミア自身が招いたこと、そして選んだことだとしても。

「しばらく様子を見なければわからないな。一応強心剤《きょうしんざい》は打ってみたから、さっきより脈は安定してきたけど、まだ呼吸が弱い。すぐにどうこうということはないと思うけどね」

それで安心していいのか、不安が消せないのか、エディスにはわからない。

シャンカールは一度エディスの部屋を出て、しばらくしてから戻ってきた。

「向こうの彼は、問題ないね。放っておけば目を覚ますだろう」

ヒューゴに関しては、どうやら安心していいらしい。

「この子は僕が診ているから、君は少し下で休んでいなさい。君にまで引っ繰り返られては、さすがに僕も面倒見切れないよ」

「……はい」

気懸《きが》かりだったが、自分がそばにいても何もできない。シャンカールの言うとおり後は彼に任せて、エディスは自室を出た。

6

広間に戻ると、ウィルフレッドもそこにいた。カリンがお茶を出している。

「あなたも疲れたでしょう、カリン。お部屋で休んでいていいわ」

労《ねぎら》うように、エディスはカリンに告げた。彼女には心から感謝しなくてはなるまい。いつもぞんざいな言葉遣いに「なんていうメイドなのかしら」と憤《いきどお》っていたが、いざという時、カリンはエディスを助けてくれた。今も、心配そうにエディスを見返している。

「いえ……アイミア様を、見張っています」

カリンはエディスの労いに首を振った。倒れたアイミアが、いつまた起き出して、エディスを襲うかもしれないと、警戒している様子だった。

態度は悪くても、きちんと主人のことを思ってくれていたらしい。

「そう……ありがとう、カリン。さっきも、助けてくれて、嬉しかったわ」

微笑《ほほえ》んで告げたエディスに、カリンが少し困ったような顔で首を傾《かし》げた。

「無事でよかったです。……ハント家のお屋敷で下《した》っ端《ぱ》スカラリーメイドをしていた頃は、立場上お嬢様のお目に触れるようなこともありませんでしたけど。やっと直接お世話できるようになったんだから」

ぶっきらぼうに言うカリンの目許《めもと》が、ほのかに赤い。エディスがびっくりしているうちに、カリンは一礼して、さっさと広間を出て行った。

どうやらカリンは、自分にそれなりの好意を持ってくれていたらしい。

それがわかるとエディスはずいぶん嬉しい気持ちになって、微笑んだ。まだまだメイドとしての教育はなっていないが、何よりも主人を大切にするという肝心《かんじん》なところだけは、充分すぎるほど備わっていたようだ。

温かな心地になって振り返ったエディスは、そういえばこの場にウィルフレッドもいるんだということを思い出した。ウィルフレッドは難しい顔で、カリンの入れたお茶にも手を付けず、ソファに座ったままじっとエディスを見ていた。

（……どうしよう）

エディスの部屋にはアイミアとシャンカール、カリンがいる。客間にヒューゴが寝かされているから、エディスはここ以外に行くところがない。

（ウィルフレッドに、帰ってって言うわけにもいかないし……）

彼にも助けてくれたお礼を言わなければならないだろう。

「どうして、助けに来られたの？」

ありがとうと告げるつもりだったのに、なぜかエディスは素直にそう言えず、先にそんなことを訊ねてしまった。

「だから、たまたま、君の家の前を、通りがかったんだ」

ウィルフレッドが先刻と同じようなことを答えるが、今度はずいぶん歯切れが悪い。自分でも言い訳がましいと思っているのだろう。エディスにも、ずいぶんそらぞらしく聞こえた。

「……また私のこと、見張っていたの？」

ますますお礼から遠ざかってしまう。助けてもらったことをありがたいとは思うが、いつまでも疑われ、監視されていることにいい気分にはなれっこない。

「君じゃない」

ウィルフレッドが、仕種でエディスに座るよう促《うなが》しながら言う。エディスは首を傾げながらも、ウィルフレッドの向かいのソファに腰を下ろした。アイミアに襲われて、抵抗して、体も心も疲れ切っている。ウィルフレッドは一応それを心配してくれたのだろう。

「……君をまったく警戒していなかったとは言わないけど、俺が見張っていたのは、アイミア・ジュソーだ」

「アイミアを？」

ウィルフレッドが頷く。

「最近、彼女はジュソー家に悪魔祓《ばら》いを自称するおかしな男を、頻繁《ひんぱん》に呼んでいた」

「悪魔祓い……」

たしかにアイミアは、悪魔祓いについて口にしていた。もしかしたら最近大切な客が来ると何度か言っていたのは、その男のことだったのだろうか。

（私を殺すために……？）

自分に短剣を突きつけてきたアイミアの様子を思い出して、エディスはぎゅっと腕で自分の体を抱いた。

あんなアイミアは見たくなかった。

「そんなものと接触する理由は、ひとつしか思い浮かばなかった。彼女が君を……君に、『正しい死』を迎えさせようとしているんじゃないかと」

ウィルフレッドはアイミアがエディスを殺そうとした、と言おうとして、言葉が強すぎると思ったのか言い換えたが、それはそれでエディスにとってはぞっとする言い回しだ。

「あなたはどうして、アイミアが悪魔祓いを呼んだと気づいたの？　そもそもアイミアは、自分があなたに監視されている気がするって言ってたけど、一体なぜそんなことを……」

「エディスを殺したのが彼女ではないかと疑っていたんだ」

「――」

さすがにエディスは、すぐに相槌《あいづち》を打つことができなかった。

たしかに結果的に、ウィルフレッドの疑いは当たっていたことになるが。

「ど、どうして？　だって私とアイミアは、とてもいい友達だったわ。姉妹のように仲がよかったのに」

「別に、彼女だけを疑っていたわけじゃない。俺はエディスの周囲にいたあらゆる人間を疑っていた」

そう言って、ウィルフレッドがエディスを見据《みす》える。

それを見返すことができず、エディスは少し目を逸らした。ウィルフレッドはエディスが『俺のエディス』ではないと言っていたのだ。ここにいるエディスが贋物《にせもの》で、本物を殺して、成り代わったと疑っていたのだろう。

（『本物を殺した』という疑惑だけは、晴れたのかしら……）

怖くて、エディスには訊ねることができなかった。違うという証明はできない。証拠などないのだ。アイミアが目を覚まして、もっと詳しい話が聞ければいいのだが——その話を聞くのもまた、怖《おそ》ろしい気がした。

（でも……そう。ウィルフレッドもずっと、『エディス』を殺した犯人を捜していたのね）

「ただ、アイミアは何か知っているだろうとは思っていた」

ウィルフレッドが言葉を続ける。エディスはまた彼を見遣った。

「なぜ？」

「すぐに後を追わなかったから」

至極真面目な顔で、ウィルフレッドが答える。

「後を追うって……私の？」

「ああ。エディスが死ねば、彼女は一秒だって生きていないだろうと思っていた。彼女がエディスにひどく執着しているのは、傍《はた》で見ていてよくわかっていたよ。何度も暗い目で睨まれた。偶然顔を合わせた時、直接皮肉を言われたこともある」

「嘘。あの、アイミアが？」

アイミアは優しくて、思いやりのある少女だ。エディスに意地悪をする相手、たとえばステイシーに強気で言い返すようなことはあれども、誰かを睨んだり、皮肉を言うような人ではない。

そう思って納得できないでいるエディスを見て、ウィルフレッドが微かに苦笑を浮かべた。

「俺以外には、そういう姿を見せたことはなかったんじゃないか。アイミアはエディスにとってはよい友人であり、姉のような存在であろうとしていたんだろう。彼女自身が言っていたように」

「私……全然気づかなかった……」

「気づかないように振る舞っていたんだろう、アイミアが。内に秘めた激情を、きっと誰よりエディス自身に知られたくなかったんだろうと思う」

「激情……私を、殺そうと思うほどに……？」

殺そうとしたわけではない、とアイミア自身は言っていた。

「アイミアが持っていた薬について、医者は、何て？」

同じようなことを考えていたのだろう。ウィルフレッドがエディスに訊ねる。

「ええと、まだ何も言われていないわ、これから調べるんじゃないかしら……」

「……そうか」

相槌を打ったきり黙ってしまったウィルフレッドの考えていることが、エディスにもわかる気がした。

――愛する人を、忘れるための薬。

アイミアの言葉を、エディスは信じるべきなのか、わからない。非常識すぎる。そんな薬があるなんて聞いたこともない。

（でも……『生ける屍』だって、充分非常識よね）

意を決して、エディスはウィルフレッドを真正面からみつめた。

「私……エディスは、あなたと愛し合っていたの？」

「……ああ」

ウィルフレッドが、頷く。

「けど、君じゃない。俺が愛したエディスは君じゃないんだ。事実君は、俺とのことを何も覚えていないんだろう？」

今度はエディスが頷く番だ。

「そうね、あなたと二人きりで話した記憶なんて、数えるほどしかない。でも、もしそれが、アイミアに薬を飲まされていた時のことのように、ただ忘れているだけだとしたら」

「あり得ない」

低い声で、だがきっぱりと、ウィルフレッドが答えた。

「そんなことはあり得ないんだ」

「……どうして？」

「君はそもそもエディス・ハントじゃないからだ」

きっぱりと断言するウィルフレッドに、エディスは苛立った。

「あなたがそう主張したがるのは勝手だけど、私がエディスだっていうことは、他ならぬ私自身が知ってるわ。子供の頃からの思い出もちゃんと持っているし、アイミアに殺された時のことだって、ちゃんと……思い出してしまったし……」

「君がエディスであるはずがない」

「だから、どうして」

「エディスは、俺の家にいる」

「――え？」

ウィルフレッドの言葉を、エディスは咄嗟《とっさ》に、理解することができなかった。

数秒、数十秒かけても、意味がわからない。

「でも私、ここに……」

「言っただろう、君は贋物だ。嘘をついているようには見えないから、自分自身がエディス・ハントだと思い込んでいるんだろう」

「そんな……」

エディスは目の前が激しく揺れるような錯覚を味わった。

自分がエディスだということは、疑いようがない。なのにそう思い込んでいると言われて、何か悪い夢でも見ているような気分になってきた。

「エディスが、あなたの家にいるって……なぜ……」

「……理由は言えない。ただ、俺のところにいる彼女が本物であることには間違いがない。疑いようがない」

「なら、会わせて」

ぐらぐらする視界を持て余しながら、エディスはウィルフレッドを必死に見据《みす》える。

「きっと会えばわかるわ、どちらが本物か。ここに連れてきてよ」

「それは……できない。彼女はずっと、眠っているから」

答えるウィルフレッドは、どことなく困惑しているようにも見えた。

もちろん、エディスだって当惑した。

「眠っている……？」

「ああ。長い間、眠り続けている。どんなに呼びかけても、眠ったまま目を覚まさないんだ。さっきの、アイミアのように真っ青な顔で」

「……」

ウィルフレッドにとって『本物』のエディスこそ、アイミアに薬を飲まされ、彼女のように昏倒《こんとう》し続けていると言いたいのだろうか。

「どうにか水やスープを飲ませて生き存《ながら》えているけれど、どんどん衰弱《すいじゃく》している。家から連れ出したりしたら、死んでしまうかもしれない」

「……いつから？　エディスは、いつからあなたの家にいるの？」

訊ねたエディスに、ウィルフレッドが言い淀《よど》むような様子を見せてから、目を伏せて再び口を開いた。どことなく言い辛そうな、後ろめたそうな顔をしている。

「エディスの葬儀の日からだ」

エディスが死んで――アイミアによって殺されてから、数日後。

その間のことを、エディスは覚えていない。

今までにない恐怖が、自己不信が、エディスを襲った。

自分が自分ではないかもしれない可能性なんて、一度も疑ったことはなかったし、今だって絶対に自分が自分がエディス・ハントだと確信できる。

なのにウィルフレッドも、自分の家にいるというエディスこそ本物だということを、はっきりと信じている。

彼が性質《タチ》の悪い冗談を言うタイプでは決してないことも、エディスは確信していた。

(でもその認識って、本当に、私のものなの?)

——ウィルフレッドのことを、覚えていないのに。

彼の語るエディス・ハントについて、何ひとつ記憶にないというのに。

(ウィルフレッドの方が、私ではない誰かを私だって思い込んでいるんじゃ……?)

そう疑問が浮かんだが、思い詰めたように青ざめた顔で目を伏せているウィルフレッドに向けて、訊ねることはできなかった。

「……君は、一体、誰なんだ」

数日前にも、馬車の中で口にした言葉を、ウィルフレッドが再び呟く。

ひどく苦しげで、悲しそうな問いかけだった。

「どうして俺のエディスそっくりな声で、言葉で、話すんだよ」

「……私……」

私は私。そうとしか答えようがないのに。

答えようとすると、胸が痛んだ。

君は誰なんだと馬車で訊ねられた時のように、痛くて、苦しくて、辛い。

その辛さの原因が何なのか、エディスはようやく思い至った。

(ウィルフレッドのことを好きだと、愛しいと思うと、苦しくなる)

あの馬車の時も、そうだった。

「泣かないでよ……」

俯《うつむ》くウィルフレッドが泣いているように見えて、そのせいで、痛みが激しくなった。

「泣いているわけじゃない。ただ……どうしていいのかわからないんだ、俺が誰より愛しているのは、今俺の家で眠り続けているエディスなのに……」

痛くて、苦しくて、泣き叫びたくなる。

馬車の中で、自分は一体、この苦しみをどうやってやり過ごしたのだろう。

『――どこかの三文《さんもん》詩人の書いた文章でも、書き写したんじゃないのか』

その切っ掛けになった言葉をエディスは思い出した。大切な手紙だと思ったのに、それをひどい言葉で嘲笑されて――ウィルフレッドに、幻滅《げんめつ》したから。

(私の大切なものを侮辱《ぶじょく》するウィルフレッドなんて、意地悪で、嫌いだって思ったから……)

ウィルフレッドに対する愛情が唐突に消え失せると、同じくらい急激に、エディスの苦しみも消えたのではなかったか。

(愛が、なくなったから)

そう思い至って、エディスははっとなった。

アイミアは、エディスに飲ませた薬について、『愛した人を忘れる』ものだと言ったのだ。

そんなものが存在するわけないと思ったから、それこそ魔女だの魔術だのの、子供じみた絵本にでも出てくるような、馬鹿馬鹿しい、荒唐無稽《こうとうむけい》な法螺話《ほらばなし》の類にしか思えなかったから、エディスには到底《とうてい》信じられなかった。

きっと医師に言えば笑われると思って、シャンカールに対しても説明できず、言葉を濁《にご》した。

「……もし……」

今も、馬鹿馬鹿しいと思ったし、真剣に思い詰めた様子のウィルフレッドに呆れられるのではと怖かったが、エディスは自分の思いつきを口にせずにはいられなかった。

「もし本当に、私が飲まされたものが、『愛する人を忘れる薬』だとしたら……?」

「……」

ウィルフレッドが、顔を上げる。

まさか、という表情をしていた。

「あなたが話してくれた、あなたとエディスのやり取りを、そのせいで覚えていないのだとしたら?」

「……そんな。それじゃあ」

ウィルフレッドがますます青ざめる。

もし本当にエディスが薬のせいで自分のことを忘れてしまったとして、では今スワート家にいるという『エディス』には一体どう説明を付けるのか。

声には出さなくても、エディスにもウィルフレッドの混乱が伝わってきた。

「そんな薬を、アイミアはどうやって手に入れたっていうんだ……」

逃げ道を探すように、ウィルフレッドはどちらのエディスが本物かという議論を避《さ》けて、そう呟いた。

「そもそもさっきアイミアが飲んだ薬に、本当にそんな作用があるかなんて」

そう続けてから、ウィルフレッドが不意に、何かに気づいた表情になる。

エディスも同時に気づいた。

「だったら、薬を調べてもらえばいいんだわ」

ソファから立ち上がったのは、エディスとウィルフレッドが同時だった。二人して、床に膝《ひざ》をつく。部屋中を見回した。

「あった」

先にそれをみつけたのはウィルフレッドだ。床の隅に転がった青い小瓶《こびん》。――アイミアが飲んだ薬が入っていた容器。

「それをお医者様に調べてもらったら、どういう効果がある薬なのか、わかるわよね」

「……」

エディスの呟きに、相槌は返らない。

小瓶をみつめていたエディスがウィルフレッドに視線を向けると、彼はひどく考え込むような表情になっていた。

薬の作用についてやはり半信半疑なんだろうかとエディスは思ったが、ウィルフレッドが口にしたのは別のことだった。

「ひとつ、確認したいことがある。——さっきここに来た医師は、ハント家だけの専属か?」

予想外のことを訊ねられて少し面喰らいつつ、エディスは頷く。

たしかにシャンカールは、診療所を構える町医者とは違い、エディスの家に雇われている専属の医師だ。

「そうだけど……でもシャンカール先生はとても腕のいい人だし、必要な時は、親戚関係の家の病気や怪我も診《み》てくれるわ」

小瓶を手にしたまま、ウィルフレッドがエディスに視線を向けた。

「ジュソー家は、ハント家とは血縁関係だったよな」

「ええ、アイミアの父方のおばあさまが、私の父方のひいおじいさまのはとこだから、ずいぶん遠縁だけど」

「ということは、アイミアもシャンカールという医者に診てもらったことがある?」

「そうね、アイミアが大きな怪我や病気をしたことはないはずだけど、ちょっとした風邪をひいた時なんかは往診に来てもらっている……はず……」

答えるうち、エディスはウィルフレッドが何を言わんとしているかに、気づいた。

「彼女が怪しい悪魔祓いを家に招くようになったのは、エディスが殺された後だ」

ウィルフレッドの言葉に、エディスは頷く。

「ええ、だとしたら、この薬を手に入れたのはその悪魔祓いという人からではないはずよね」

「では、どこで？　俺が手を尽くして調べた限り、アイミアがそんな薬を扱っている店や人間と接触した様子はなかった」

「……でも……お医者様なら……？」

まさか、と思いつつも、エディスはその可能性を頭から消せなくなった。

「シャンカール先生からなら、誰にも疑われず、薬を手に入れることができる……？」

アイミアが飲んだ薬についてエディスが口にした時、シャンカールは訝《いぶか》しそうにしていた。あれが演技ではない、とエディスには答えられない。シャンカールは元から飄々《ひょうひょう》とした男だ。医学以外にまったく興味がないというような変わり者だ。

「シャンカール先生は、私のこと、すばらしいって言ってたわ。すばらしい屍体《したい》、奇蹟の存在、って。今すぐにも隅々まで調べ上げて、学会に発表したいくらい、だとか」

「……いや、怪しすぎるだろう」

「でも、まさか、そんな。私が生まれた時からの主治医なのに……」

シャンカールを擁護《ようご》しようと試《こころ》みるが、うまくいかなかった。

日頃の彼の言動を見ていたら、どうしても『あの人がそんなことをするはずがない』と、言い切れなかったのだ。

「よし。直接、問い糾《ただ》そう」

ウィルフレッドはすぐ決意したように、小瓶を握り締めて立ち上がった。エディスは焦《あせ》る。

「ま、待って、そんな急に。今はアイミアが大変な時だし」

止めようとしたエディスを、ウィルフレッドが呆れたような顔で見下ろす。

「『自分《エディス》』を殺そうとした人間だろう?　気遣うところか?」

「でも、急すぎるわ、どういうふうに質問するかとか、ちゃんと考えないと、きっとあの人には誤魔《ごま》、化《か》さ……れて……」

止める言葉も聞かずに広間を出て行こうとするウィルフレッドに、エディスは手を伸ばした。伸ばしたつもりだった。

「あ、ら……?」

立ち上がろうとしたのに、視界が反転する。

どさりと、妙に重たい音が聞こえた。

「どうした?」

ウィルフレッドの怪訝そうな声。

(変、ね、私)

声を出そうとしたが、出ない。

どうやら立ち上がるどころか床に倒れて、そこから、動けなくなった。近づいてきたウィルフレッドの靴だけが目に入る。

視線を動かせない。喋《しゃべ》ろうとするのに唇も動かない。

「お、おい」

今までどうやって体を動かせていたのかがさっぱりわからなくなった。

呼吸をするふりをすることも、無意味な瞬《まばた》きをすることもできず、呆然と、床に転がることしかできない。

（喉《のど》に、力が入らない……）

声って、どうやって出すのだったかしら。

「どうしたんだ、君」

ウィルフレッドは、こんな時でも私を『エディス』とは呼んでくれないのね。

そういえば生き返って再会してからずっと、そうだった。君とか、おまえとか、他人行儀でひどい呼び方ばかり。

どうあったって、私はウィルフレッドにとって、贋物なんだわ。

「待ってろ、今、医者を……いや、駄目だ」

シャンカールが疑わしくなった今、ウィルフレッドはエディスの様子を診てもらうために彼を呼ぶことに、躊躇《ちゅうちょ》している。当然だ。

だが。

「あれあれ、エディス、ひっくり返っちゃったのかい？」

気の抜けるような、脳天気な声が響く。

そちらを見ようとするが、エディスはやはり、どうやっても体のひとつの部分だって、自分の意思で動かすことができない。

さっきまでウィルフレッドの靴の爪先《つまさき》が見えていたが、今は踵《かかと》が視界に入る。おそらく、エディスを広間に姿を見せたシャンカールから庇《かば》うように、背を向けているのだ。

「そうかそうか、さすがにもう、限界かあ」

「――何？」

残念そうな、でもどこか面白がっているような響きのシャンカールの言葉に、問い返すウィルフレッドの声音が強張《こわば》っている。

「どういう意味だ」

「エディスの体がさ。――なあヒューゴ。やっぱり君の腕って、それほどよくないんじゃないのかい？」

シャンカールの口から出たその名に、エディスは愕然《がくぜん》とした。

（シャンカール先生とヒューゴに、面識はなかったはずだわ）

往診の時、ヒューゴは客間に引っ込んでいた。挨拶《あいさつ》をしたこともなければ、名乗り合う機会もなかった。エディスが話したからヒューゴはシャンカールのことを知っているだろうが、シャンカールの方は、先程昏倒するヒューゴを見たのが、初めてでなければおかしいのに。

「ヒュー……ゴ……?」

「おや、まだ声は出るのか」

感心したようなシャンカールの声。

「いや、唇が動いていない。たしかにもう、限界だな……」

シャンカールよりははるかに落胆したような、悲しげなヒューゴの声。

「一体何の話をしているんだ、あなたたちは」

エディスの内心を代弁するかのように、ウィルフレッドが固い声で訊ねる。

「えっと、君は、誰だっけ?」

「エディスの元婚約者だろ。スワート家の長男、ウィルフレッド」

答えたのはヒューゴの声。

「そうかそうか、ヒューゴ、君、よく知ってるなあ。社交界から爪弾《つまはじ》きにされて四十年以上経《た》つっていうのに」

「わかるように話せ!」

ウィルフレッドが苛立った声を上げる。「おお、怖《こわ》」と、まったく怖がってもいない調子でシャンカールが首を竦《すく》める様が、見えてもいないのにエディスには簡単に想像できた。

「ヒューゴが作った彼女のその体が、もうすっかりポンコツで、まともに動かなくなったってことさ」

「ポンコツとは何だ、藪医者《やぶいしゃ》め」

シャンカールの軽い声、不快そうなヒューゴの返答。

「その男が――作った……？」

ウィルフレッドは混乱している様子だった。エディスだって彼らの言うことを簡単に呑み込めたわけではないが、ヒューゴの『仕事』について思い出した。

「剝……製、師……」

ヒューゴの言うとおり唇を動かすことはできないのに、どうしてかエディスはわずかながら声を出すことができた。

「ヒューゴは……剝製、を作る、職人なの……」

「……まさか」

絞り出したエディスの言葉に答えるウィルフレッドの声は、掠れきっていた。

まさか、とエディスも思う。

（まさか私の体が、誰かの剝製だっていうの……？）

「へえ、ヒューゴ、剝製師だとか名乗ったのかい。なるほどねえ、たしかに生き物の死骸を腐らないように処理することもできるんだから、嘘はついてないって感じかな」

感心したように言うシャンカールの様子は、まるでこの場に似つかわしくない気がする。

「やっぱりエディスはヒューゴの本業についてまるで知らないんだな。自分の大伯父《おおおじ》だっていうのに」

「おい、その話はエディスに教えるなって言っただろう」

「……は……？」

シャンカールはエディスが予想もしていなかったことばかり言う。

大伯父。祖父母の、兄弟？

まさか、とまた思うのに、どこか焦《あせ》ったようにシャンカールを咎めるヒューゴの雰囲気で、やけに信憑性《しんぴょうせい》が増す。

（でも、まさか、あり得ない）

だってヒューゴは、エディスの両親よりもずっと年下に見える。父方の祖父母も母方の祖父母もすでに亡くなっているが、全員生きていれば六十歳を過ぎているはずだ。

だったらヒューゴだって、それ以上の年齢でなければおかしい。

ヒューゴの姿をたしかめられないのがもどかしかった。

よくよく見れば老人、などというわけがないとわかっていても。

「――何だっていい。真実をすべて話せ」

混乱を断ち切るような、強いウィルフレッドの声がした。

「うーん、どこからどこまで話せばいいと思う、ヒューゴ？」

「……エディスには聞く権利があるとは思うが。その男《ウィルフレッド》にまで教える義理はない気はするな」

「おやおや、嫉妬かい？」

「馬鹿を言え、そんなんじゃない。俺の職業があんまり大っぴらに公言するものじゃないってだけで——まあ、いい、全部話す。ウィルフレッドも、このまま大人しくここから立ち去る気はないって顔をしているし、どうせもうエディスがその体から離れるまで、俺にも藪医者にも出来ることはないからな」

「か……らだから、離れる……？」

意味がわからないのに、悪寒《おかん》が走る。エディスは体ではなく、まるで魂が直接震えるような感触を味わった。

ほとんど動かない体を必死に動かし、顔を上げる。なかなかうまくいかなかったが、途中で不意に体が起き上がった感じがする。

ウィルフレッドが、後ろから支えてくれているようだった。「ありがとう」と精一杯声を絞り出す。

「ヒューゴ……説明、して、ちゃんと……」

広間の入口を背にして、ヒューゴとシャンカールが並んで立っている。

ヒューゴの肌は浅黒く、エディスにも、兄弟にも、両親にも、親戚の誰かにも似ていない。

「この医者の言うとおり、俺はおまえの大伯父だ。母方の祖母、サラの兄に当たる」

なのにヒューゴはそう言った。

「……聞いたこと、ないわ……おばあさまに、きょうだいが、いたなんて」

母方の家はかつて名のある貴族だったが、祖母に兄弟がなくその両親も短命だったため、断絶してしまったとエディスは聞いている。母は子供の頃に遠縁であるハント家に預けられ、そのまま父と結婚したのだと。

「そうだろうな。俺の存在はなかったことになっているはずだ。忌《い》み子《ご》として扱われ、成人を迎える前に家を追い出された」

「いみご……」

「裏の家業を継いだだけだったんだがな。俺は俺の祖父からその仕事を教わり、受け継いだ。おまえの父親の取り乱しぶり、おまえを追い出した様子を見ると、もしかしたらおまえの両親は知っていたのかもしれない」

少なくとも、エディスは何も知らない。一体ヒューゴの仕事が、自分の母方の『裏の家業』とやらが、一体何であったかなんて。

「俺は剝製師ではない。死霊魔術師――ネクロマンサーだ」

呆気《あっけ》に取られ、エディスは言葉を失った。

おそらくウィルフレッドもそうだったのだろう。ヒューゴの告白のあと、しばらく広間には奇妙な静寂が訪れる。


「死霊魔術《ネクロマンシー》を使う、神の教えに背《そむ》く者だね」

黙っていられない性質らしく、その静寂はシャンカールの脳天気な声が破った。

「あ……あなたは、医者であるのに、それを信じてるっていうのか……」

信じがたい、というようにウィルフレッドが言う。シャンカールが声を上げて笑った。

「信じるも何も、目の前で見ているからね、ヒューゴがそれを使うところを」

「……」

「そもそも私の亡くなった父がヒューゴと友人関係だった。勿論、そんなことは大っぴらに世間に言えることではないし、彼との付き合いも隠してきたけど。ネクロマンサーと知り合いだなんて、患者が不安になるだろう?」

「何の目的で、医者がそんな怪しい男と縁を結んだんだ」

冗談めかして言う医師の軽口には付き合っていられないというように、ヒューゴがシャンカールに厳しい声音を向ける。

「別に思惑があってこちらから声をかけたってわけじゃない。ただヒューゴは自分の妹の娘や、孫娘に強い関心があってね。時々様子を盗み見にこの街に来ていて、その時たまたま父と知り合っただけだ。ほんの偶然」

「……」

言葉にはしないが、ウィルフレッドがシャンカールの言うことを信じていいものか、警戒しているのがエディスにも伝わってくる。

「……サラには、俺が屍体を玩《もてあそ》ぶいかがわしい魔術師だという噂で、苦労をかけた」

ヒューゴが悔恨《かいこん》を滲ませた口調で言いながら、エディスをじっとみつめている。

エディスは一体どういう態度でそれを見返せばいいのかわからなかった。

不意に脳裡《のうり》に、かつて父が口にした言葉が蘇る。

『そう、それこそが正しい人間としての、当然の倫理だ』

狩った牡鹿《おじか》の剝製を作った時。エディスがそれに怯える様子を見せた時。

(もしかして、お父様は知っていたの？　お母様の家が、そういう……ヒューゴのような人を生み出すことがあると……？)

だからこそ、娘《エディス》が『生き返った』時にあそこまで取り乱し、家から追い出し、こんな街外れの家に追い遣《や》ったというのだろうか。

(わ、私にも、そういう血が流れているから、死んだはずなのに動けるんじゃないかって、疑って……？）

決して冷血な両親ではなかったのに、自分に対する態度が非道ではないかと思ったことはあった。

弟のナヴィンは単純に怖がりだから怯《おび》えているだけだっただろうが、これまで十六年間、それなりの愛情をかけて育ててくれた両親が、あまりにあっさりと自分を家から叩き出したことは、奇妙だった気がする。

（私の状況がそもそも奇妙すぎるから、仕方ないと思っていたけど――）

「サラは生来体が弱かったが、娘を産んですぐに亡くなったのは、長年の心労のせいだろうと思っている。その子供の行く末を気にして、何が悪い」

考え込んでいたエディスは、ヒューゴの不貞腐《ふてくさ》れたような声を聞いて我に返った。

「悪いとは言ってないさ。ただちょっと、父に聞いた話だと、ヒューゴのサラに対する執着は度を超していたんだろうなと想像するだけで」

「――待ってくれ」

ヒューゴをからかうようなシャンカールの言葉を、ウィルフレッドが強張《こわば》った声で遮《さえぎ》る。

「死霊魔術というのは、天国に行けない死者の魂を呼び出すという、教会が禁じた行為のことか？　呼び出した魂に、死んだばかりの人間の体を宛がって、仮初《かりそ》めの命を与えるという……」

「へえ、ウィルフレッドって言ったっけ、よく知っているねえ」

シャンカールが、驚いたような、感心したような顔で小さく何度も頷いている。

「スワート家っていえばたしか判事の家系だろう？　信心深さでも有名なはずなのに、黒魔術に興味があるとは」

エディスも内心で驚いていた。死霊魔術なんて、言葉自体が怖ろしく、具体的にどんなことをするかは知らなかったし、知ろうと思ったこともなかった。

「……何にでも興味を持つ性質《タチ》なんだ」

ウィルフレッドが少し言い辛そうに答えてから、首を振る気配がした。

「俺のことはどうでもいい。ヒューゴと言ったか、あなたのことを訊ねているんだ」

「ヒューゴは私の知る限り、ネクロマンサーとしては破格の才能の持ち主だよ」

ヒューゴのことを訊ねているとウィルフレッドは言っているのに、答えたのはシャンカールだった。

「普通は人間なり動物なりの死体に、低級の精霊や悪霊の類《たぐい》を突っ込んで、数分数十分話ができるようにするだけらしいんだけどね。屍体っていうのは死んだ瞬間から朽《く》ちていくもので、鮮度が落ちれば魂を保つことができない。でも、彼は屍体の扱いに長《た》けていて、人間だろうが動物だろうが、まるで生きていた頃のままに保つことができるんだよ」

まるで子供がおもちゃを自慢するように、シャンカールが嬉々として説明している。

エディスはヒューゴの見せてくれた、小鳥や仔猫の剝製のことを思い出していた。

まるで生きているかのように生々しい『屍体』のことを。

「まさか……」

エディスは喘《あえ》ぐように声を絞り出した。

「……私の、体も……？」

「そう！　ヒューゴが『処理』したものだよ。腐らないように、まるで生きている時のままのように鮮度を保って！」

興奮したシャンカールの声が大きく、高くなる。

「私とヒューゴで、夜中に墓地に忍び込んで、死んだエディスの体を掘り起こして——」

「違う」

そのシャンカールの声を遮《さえぎ》るように、ウィルフレッドが言った。

「彼女の体はエディス・ハントのものじゃない。エディスの体は、俺が持っているんだ」

「——あはははははは！」

先刻エディスに告げたことをウィルフレッドがシャンカールにも教えた途端、シャンカールが大声で笑い出した。

そのけたたましさに、エディスはもうほとんど動かせないはずの体を竦《すく》ませてしまった。

「そうか！　君か！　君だったのか、私たちより先に、エディスの屍体を墓から攫《さら》った盗掘人《とうくつにん》は！」

シャンカールは手を打って、子供のようにはしゃいでいる。

何をそんなに面白がっているのか、エディスには理解が追いつかない。

「いいね、じゃあ君にも教えてもらおう、真実ってやつを！　我々もすべて話すからさ。聞かせてくれないか、君がなぜ、どうやって、エディスを攫ったのか」

「……ウィルフレッド……」

エディスも、聞きたかった。先刻ははぐらかされてしまったけれど。

「教えて……？」

次第に黒く霞《かす》んでいくエディスの視界に、ウィルフレッドの険《けわ》しい表情が映った。ウィルフレッドはシャンカールとヒューゴを無視する形で、エディスの顔を覗き込んでいる。

「……あの日、俺は、エディスと二人でこの街を去ることになっていた」

「――え……」

「駆け落ちの約束をしていたんだ」

エディスには、覚えのない約束。

「駆け落ち？　君とエディスは、婚約者だったんだろう？　一体何のために？」

シャンカールが口を挟むが、ウィルフレッドはやはりそれを無視する形で、エディスだけをみつめて言葉を続ける。

「俺は父に背《そむ》いて、判事にはならないと告げた。父は激怒して、そんなことは絶対に許さない、判事になるまでは家から出るな、従わなければ勘当だと言った」

ウィルフレッドの表情は厳しかったが、エディスをみつめる瞳に以前のような怒りも、嫌悪《けんお》も、憎しみもない。

エディスはじっと、そんなウィルフレッドの瞳をみつめ返した。

「俺にはどうしても他に叶えたい夢があった。エディスもそれを知って励《はげ》ましてくれていたんだ。なのに諦めるわけにはいかない。かといって、勘当されればハント家の娘との婚約は解消になって……エディスは他の男に嫁《とつ》ぐことになる。そんなこと、耐えられるはずがない」

判事になるつもりはないと、以前もウィルフレッドは言っていた。

そのことを、エディスも知っていた気がした。

「けどあの日、約束の時間になっても、エディスは待ち合わせの場所に来なかった。家族に勘づかれたか、それとも土壇場になって気が咎《とが》めて、俺について来る気がなくなったのか……理由を知るより先に、エディスが死んだと知って」

自分の膝に載せたウィルフレッドの手が、微かに震えている。その時の衝撃を思い出しているのだろうか。

「何ひとつ納得がいかなかった。エディスはなぜ、俺との約束を破ってまで、ひとけのない森になんて行ったのか」

「……アイミアに……呼び出されて……」

そうだ。あの日、アイミアからの手紙を受け取った時、自分は誰かとの約束のために焦っていた。

急がなくてはいけない。けれども、親友にすら黙って街を出て行くことに耐えられなくなった。

大事な話がある、とアイミアは手紙に書いていた。どうしても今すぐ会いたいと。

もしかしたらアイミアは、私が誰かと——そう、ウィルフレッドと駆け落ちすることに、気づいているんじゃないかしら。だとしたら、ひとことだけでも、お別れを言うべきなんじゃないかしら。

(だから……急いでいたのに、最後に私もどうしても、親友《アイミア》に会いたかった……)

駆け落ちのことを、決して誰にも漏らしてはいけないと、ウィルフレッドのことはアイミアにも言わなかったのだろう。あの手紙《ラブレター》について黙っていたのと同じく。

(思い出せないけど、わかるわ。私はきっと、そうする)

大切な友達に隠してまで、守りたいことがあった。

(でもアイミアはわかってくれると思っていたから。あとでかならず手紙を出して、いつかもう一度アイミアに会って、心を込めて説明したら、アイミアは祝福してくれると信じていたから。でも……)

アイミアに会うことで、駆け落ちの待ち合わせに少しだけ遅れてしまっても、きっとウィルフレッドは待っていてくれるだろうし、許してくれるだろう。外国に逃げるための船の時間にさえ間に合えばいい。

「君はそう思って、予定より早い時間にハント家を抜け出し、二人で立てた計画通りに人目のつかない場所まで走って、辻馬車を拾って、俺との待ち合わせ場所ではなく、アイミアに喚《よ》び出されたところへ向かったんだろう」

エディスをみつめたまま、ウィルフレッドが言う。

「そうだったんだと、さっきわかった。アイミアはきっと俺たちの計画を察していたんだ。それで、エディスをどうにか止めるために、薬を飲ませた。……薬を用意したのは、医者のあなただろう？」

ウィルフレッドがエディスから顔を逸《そ》らし、背後を振り返った。

「うん。少し前に、仮病のアイミアに呼び出されて往診に行った時、涙ながらに頼まれてね」

悪怯《わるび》れもしないシャンカールの返答。

「人の心を盗む薬はないか。愛する人のことだけを綺麗さっぱり消すことのできる薬がほしい、って」

「……それで……本当に、そんなものを……」

そんな薬を作ったのか、と訊ねようとしたエディスに、「そう！」とシャンカールが元気よく答えた。

「そんな薬なんて、見たことも聞いたこともなかったからね。俄然、やる気が湧いてきた。まあ何だかんだ助手辺りで実験して、そこそこうまくいったかなと思って、アイミアに渡したんだけど……まさか、死んじゃうなんてなあ。悪いことしたと思ってるよ、エディスには」

そこで笑うシャンカールの気が知れない。エディスは怒りよりも、得体の知れない怖ろしさを感じた。

（この人は、本当に、医術のことしか頭にないんだわ）

エディスを支えるウィルフレッドの腕が震えている。強い怒りを懸命に堪えているようだった。その腕に自分からは触れられない自分が、エディスはひどくもどかしく思えた。

「アイミアはひどく驚いただろうね、見ていた私も結構びっくりしたけど」

「見ていた……？」

「ああ、薬の成果が知りたくて、こっそりアイミアの後をつけていたんだよ。さすがにハント家のご令嬢を殺した共犯者だなんて思われるのも困るから、アイミアが慌ててその場を離れた隙に、森番を買収《ばいしゅう》してエディスを私の馬車に運ばせた。森番にはそのまま、屍体の発見者になってもらってね」

エディスの亡骸《なきがら》は、森番がみつけて、すぐにシャンカールの診療所に運ばれたことになっていた。

だが順番が逆だったのだ。シャンカールが見ていて、森番を大量の金で抱き込み、黙らせたのだろう。

「その時も、エディスやエディスの母君の様子を出歯亀《ピーピング・トム》するためにヒューゴはこの街にやってきて、いつもどおり私の家に居座っていた。ヒューゴの取り乱しようったらなかったよ、何しろ妹そっくりなエディスが死んでしまったんだ。成長を陰ながら覗き見するっていう、老後の楽しみが失われたんだから」

「いちいち人聞きの悪い言い方をするな」

それまで黙ってウィルフレッドとシャンカールの説明を聞いていたヒューゴが、心外そうに言葉を挟んだ。

「ヒューゴの妹とは、娘であるハント夫人よりも、エディスの方が瓜ふたつだそうでね。妹そっくりに成長していく孫娘を覗き見……見守るのが、ヒューゴの唯一の生き甲斐《がい》だったのさ」

今度はヒューゴも口を挟まない。それが真実なのだろう。

「私の家に運ばせた時、エディスは死にたてほやほやで、まだ魂が体とそう離れていないとヒューゴが言った。地獄に堕《お》ちたわけでもない魂を呼び止めるのは、そういう魂を地上に呼び戻すよりは、よほど手間がないそうだよ。ただ、屍体の防腐処理にはそれなりに時間がかかるから、もたもたしている間にエディスの魂は天国に召されてしまう。だから」

「だから──とりあえず、手持ちの人形に仮止めしたんだ」

シャンカールの言葉を、ヒューゴが引き継ぐ。

「まさか、とは、思うけど……」

ウィルフレッドが強張《こわば》った、微かに震える声を絞り出した。

「まさか、あなたも自分の妹の屍体を、盗んだのか」

「……！」

ウィルフレッドの問いに、エディスは息を呑む気分だった。

この体が、自分ではなく、祖母の屍体だと——。

（そんなの）

怖気《おぞけ》立《だ》った。自分は屍体だと思い続けては来たが、自分の体と祖母の、他人の体では、まったく話が違う。

「丸ごと、というわけではないぞ」

どこか不本意そうな様子で、ヒューゴが応える。否定ではなかった。肯定《こうてい》の返答だ。

「俺はサラの葬式に出ることすら許されなかったから、シャンカール——こいつの父親の方に頼んで、髪と、爪をもらった」

鶏の話をエディスは思い出す。荷馬車に轢《ひ》かれた鶏のことを、ヒューゴが話していた。

『その場合は、さすがに俺でもそのまま剝製にするわけにもいかないからな。元々の姿を聞き取って、それに似せて形を整える。嘴《くちばし》や脚、無事だったところだけ『本物』を使う』

もうひとつ、スケッチブックに挟まれていた紙のことも思い出した。

（あれは――私ではなく、おばあさまの絵だったんだわ……）

生き生きと、愛情を持って描かれた少女の姿絵。『私より綺麗すぎる』と言ったエディスに、ヒューゴは『そりゃそうだろう』と答えた。そりゃそうだろう、あれは、エディスではなく、サラを描いたものだったのだから。

「この体は、俺のネクロマンサー人生でも最高傑作だ。何度も失敗して、何度も試行錯誤《さくご》して、やっと作り上げたサラそっくりの人形だ」

「妹の遺髪を使って作った人形と何十年も一緒に旅してたっていうんだから、このヒューゴってやつは異常な男だろう？　まあ死霊魔術師なんて、そもそもがまともなわけがないけどさ」

シャンカールの呆れたような言葉に、エディスは「まともじゃないなんて、あなたが言うことじゃないわ」と言い返す余裕がなかった。ヒューゴも同じらしく、医者の言うことは無視した。

「それで、エディスの魂を妹の人形に入れて……エディスの本物の体は、葬儀のために、返した？」

ウィルフレッドも医者は無視して、ヒューゴに訊ねている。

ヒューゴが頷いた。

「棺《ひつぎ》には屍体が必要だ。一度ハント家に返して、埋葬《まいそう》された日に掘り出して取り返せば、防腐処理にはまだ間に合う。シャンカールには何の処理もしないように指示しておいた、医者のエンバーミングとネクロマンシーのやり方はまったく違うからな。そうして夜のうちに墓を掘り出そうとしたが――おまえが先に、エディスの屍体を盗み出したんだ、ウィルフレッド・スワート」

「……どちらが、嘘をついているんだ？」

ウィルフレッドがヒューゴとシャンカールを交互に見遣り、疑るように質問した。

ヒューゴがきつく眉をひそめる。

「何？」

「医者と、死霊魔術師、どちらが嘘を言っている？　俺はたしかにエディスの墓を掘り返した。どうしても彼女が死んだなんて信じられなかったんだ。彼女がいなければ生きていけない。夢を叶える意味もない。だから彼女と一緒に、死のうと思って――だが掘り返した棺に収まっていたエディスは、生きていた」

「馬鹿な！」

愕然とした声をヒューゴが上げた。

「本当だ、体は冷え切っていたが、ほんのわずかだったが、脈があった！　呼吸もしているんだ、エディスは死んでしまったわけではない！」

「シャンカール！　どういうことだ⁉」

ウィルフレッドの叫び。ヒューゴも怒号《どごう》を発する。

シャンカールだけが、げらげらとおかしくてたまらないというふうに笑っていた。

「死霊魔術師っていうのは、魂を玩《もてあそ》ぶだけで、屍体のことはよく知らないものなのかい？　そうだよ、エディスはあの時点で死んじゃいなかった」

「貴様、なぜそんな嘘をついた⁉　俺はおまえが、エディスがもう死んだと断言するから」

ヒューゴがシャンカールに掴みかかり、シャンカールは笑いを止めない。

「嘘はついちゃいないさ。医学的見地から言えば『死亡』ではあったんだよ。魂が体から離れれば、器はただのモノだ。この辺りは医学界でも議論の収まらないところでね、社会学にも関わる、人の死とは何ぞやという――」

「言葉遊びはやめろ、この藪医者め！」

「エディスの死を判定したのは君だろう、ヒューゴ？　体から魂が離れた。魂のない体は死に向かう。体を失った魂は天国か地獄に向かう。だからこそ、慌てて大事な大事な妹の人形にエディスの魂を移した」

「そもそも、アイミアという娘に薬を渡したなんて話を、今初めて聞いたぞ俺は！　なぜ黙っていた！」

「そりゃあ知的好奇心による秘密の実験だからさ。言えば反対しただろう、せっかく、私だけでは思いもつかなかった実験の機会をアイミアが与えてくれたのに」

言い合いを始める二人を睨みつけていたウィルフレッドが、歯軋りする音を立てた。

「外道《げどう》め……！」

罵倒《ばとう》すると、ウィルフレッドはエディスを床に横たえ、堪えきれないように立ち上がった。

「……待って……！」

ここで乱闘なんて始められても、困る。エディスは必死に声を上げた。どうやって自分が声を発しているのか、もうわからない。ヒューゴの『人形』は動かない。少なくとも、エディスの意思では動かすことができない。だとすれば、魂そのものが絞り出している音なのか。

いや、そんなことも、今はどうだっていい。

「私は、どうなるの？　どうして動けなくなってしまったの？」

ほとんど音にならない声で呼びかけたエディスに気づいて、ヒューゴがどこか悲しげな視線を向けてくる。

「……サラの人形の限界だ。あるいは、相性もあったのかもしれない。完全な屍体を処理したものであれば、人同士、もう少ししっかりと魂が体に定着しただろうが――俺のように」

とても六十を過ぎた老人には見えないヒューゴ。

彼自身の言葉でエディスは理解した。彼もまた、自分のものではない体に、自らの魂を入れ込んだのだ。

（だから私にもお母様にも、似ていない）

以前ヒューゴこそ『生きる屍』のようだと思ったことは、まさしく、正解だったのだ。

ヒューゴはきっと、わざと自分とはまったく違う容姿の人間を選んだのだろう。自分の妹や、その孫娘であるエディスを見守るために。

「おまえとサラには血縁があるんだから馴染みやすいと思ったが、最後に残った髪筋一本が媒《ばい》介《かい》ではうまくいかなかったようだ。急場しのぎでもあったしな」

悔《く》いたようにヒューゴが言う。

「だからこそ、俺はおまえを殺した犯人をみつけてほしかったんだ、エディス。盗み出した屍体を持っているのが、犯人に違いないと思ってな。屍体を取り戻せば、何十年も前に作った古い人形じゃなくて、おまえ自身の屍体に、おまえの魂を入れることができる」

エディスが犯人よりも自分の愛した人を探したいと言った時、ヒューゴはひどく怒った。

その時はよく聞き取れなかった言葉が何だったのか、エディスはようやく思い至った。

『犯人をみつけろ、それしか『おまえ自身』を取り戻す方法はないんだ！』

サラの人形ではなく、エディス自身の屍体に適切な処理を施《ほどこ》せば、『もう少ししっかりと魂が体に定着する』から。

「私を……生き返らせようと思って……？」

通りすがりの旅人が、そんなに都合よく助けてくれるわけがなかったのだ。

ヒューゴは最初から、エディスを助けるために、声をかけてきた。

「……妹そっくりの顔をしたおまえが死ぬのも、妹そっくりの体を俺以外の奴が好き勝手に持ち運ぶのも、許し難《がた》いからな」

——結局は妹大事さゆえの行動だったのかもしれないが。

それでもヒューゴが何か悪意を持って自分に近づいたわけではないとわかって、エディスは少し、ほっとした。

エディスの安堵が透けて見えたのか、ヒューゴが微《かす》かに苦笑する。

「俺だって、おまえが死んだと知って、悲しかったさ」

「エディスは、死んでいない」

力強い声でウィルフレッドが言う。希望を見出したような声音だった。再び床に膝をつき、エディスを抱き起こしてくれる。もう欠片《かけら》も力の入らない人形の冷たい手を、ぐっと握った。

「ここにいるエディスが魂だけの存在だというのなら、眠っているエディスの体にそれを戻せば、『生ける屍』ではなく、彼女自身として目を覚ますんじゃないのか！」

エディスもその可能性に思い至り、歓喜しかけた。

しかしウィルフレッドとエディスの希望に応えたのは、ヒューゴの深い溜息だった。

「屍体であれば。死霊魔術《ネクロマンシー》でどうにかすることもできるだろうが……生きているなら話は別だ。生きた人間に、死んだ人間の魂を入れるわけにはいかない。悪霊にでもなっていればどうにかできるが、エディスは幸か不幸か、人並みの信仰心を持っている」

エディスの国の宗教では、正しい信仰心を持つ者は死後に魂が神の御許《みもと》に招かれるが、正しい行いをせずに死んだ者はそれが叶わず悪霊となり、この世に留まると言われている。

だからエディスは毎日のお祈りは欠かさなかったし、人に意地悪もしなかった。争いごとは嫌いだから、なるべく笑っているようにしていた。

人を敬《うやま》い、愛し、慈《いつく》しむようにと、大人たちに教えられたことを守っていた。

それでなぜ、自分が『生ける屍』になどなってしまったのかと、嘆いていた。

「じゃ、じゃあ、私、どうなるの……ヒューゴ……」

エディスの声はますます掠《かす》れる。恐怖のせいか、喋る力も失いつつあるせいか、エディス自身にもわからない。

「本来の死を迎えた時と同じように、神に召されるだけだ」

重々しく、絶望的な言葉を、ヒューゴがエディスに告げる。

「眠ったまま目覚めない患者っていうのは、稀《まれ》にいるけどね。ほとんどが衰弱《すいじゃく》して、長くは持たない。眠っていれば、水や栄養を取るのにも限界があるだろう？」

ヒューゴに続いたシャンカールの気安い声に、エディスはたまらず細い悲鳴を上げた。

「嫌！　嫌よ、そんなの！」

「あんたが作った薬だろう！　治す方法くらい、わからないのか!?」

取り乱しながらも、エディスは自分の――人形の手を、ウィルフレッドが励《はげ》ますように、守るように握り込む仕種を見た。

「悪いけど、わからないなあ。そもそも殺すつもりはなかったんだよ、毛頭《もうとう》ね。アイミアのリクエスト通り、『最も愛する人間の記憶』……というか、『愛する心』を奪うだけの薬だった。まあちょっと、父の研究の成果だの、私の推測だのを交えて、ネクロマンシーの技術も取り入れてみたりしたから、予定が狂ってしまったのかな？」

「何が可笑《おか》しいんだ、さっきから、あんたは……！」

「いや、だってさ、すごいなと思うんだよ。エディスには、その人を忘れたら生きていけないっていうくらい、愛した人がいるんだろう？　人間の心、いや魂っていうのは、実に興味深いなあ！」

「――っ」

今度こそ、ウィルフレッドがシャンカールに向けて飛びかかろうとする気配を見せた。

「ウィルフレッド」

掠れる声で、エディスはそれを制止する。

本当はもっと大きな声でその名を呼びたかったけれど、もう力の入れ方が欠片もわからない。

「駄目……もう……、……そばにいて……」

「エディス？」

「ヒューゴの言うとおり、駄目みたい……私、たぶん、死ぬわ」

それが、はっきりとエディスにはわかった。

辛《かろ》うじて、糸のように細いもので人形と繋がれていた魂が、離れていく。宙に浮かんで、薄れていく感触がする。

「神さまのところへ、いくみたい」

「そんな」

ウィルフレッドがエディスの体を抱き直す。エディスの視界に、ウィルフレッドの顔が映る。蒼白な、焦燥《しょうそう》しきった表情をしていた。

「ごめんなさい……私、忘れてしまったままで……」

自分は、贋物などではなかった。

シャンカールの薬のせいで、忘れてしまっただけなのだ。

『最も愛する人』の記憶を。

ウィルフレッドが語るエディスのことをちっとも思い出せないのが、悲しくて仕方がないけれど。

「……信じてね……あなたとのことを覚えていないのは、私が、エディスが、あなたを一番愛していたからだ、って……」

「待て。待ってくれ、いかないでくれ。——俺の家にある彼女の体を、ここに運べばいいのか⁉ おい、あんた医者だろう、ネクロマンサーがどうにもできなくたって、医者なら」

「無理だよ、蘇生《そせい》は葬儀の前に何度も試みた。駄目だったから、ヒューゴが人形を使ったんだからさ」

「……ッ」

慌ただしいやり取りを、エディスはどこか安らかな気持ちになりながら聞いた。

間近にウィルフレッドがいてくれるから、覚悟していたよりも、怖くない。

「いいの、もう。一度死んだのに、もう少しだけ、生きられたんだもの……」

シャンカールに対して恨みはない。正直、どうでもいい。そんな人への怒りで、残り少ない時間を無駄にしたくはなかった。

「さようなら、ウィルフレッド。あなたが意地悪で、私のことをちっとも好きじゃないなんて、馬鹿な勘違いをしたまま死ぬ羽目《はめ》にならなくて、よかった」

「待ってったら！　終わらせないでくれ、そんな」

「愛してくれて、嬉しかった。きっと死ぬ前の私も、最後にそう言いたかったと思うわ」

「エディス」

そういえば、さっきからウィルフレッドは、ちゃんとこちらを見て、エディスだと名前を呼んでくれている。

それだけでエディスは胸が一杯になって、幸せで、嬉しかった。

アイミアも言っていた。

『たとえ忘れたところで、再び同じ人を愛さない理由はない』

アイミアは一生懸命、すべてを忘れたエディスに、ウィルフレッドなんて好きではなかったと吹き込もうとしていたようだが。

そんなの、全然無駄だったわ。ごめんなさいね、アイミア。

「私きっと、もう一度、あなたを好きになったんだわ……嬉しい」

「エディス！」

ウィルフレッドの瞳から大粒の涙が落ちて、視界に拡《ひろ》がる。

だがそれももう、ほとんど見えない。人形の体から、どんどん魂が離れていく。

人形の瞳はもう役には立たない。

ふわりと、また体が浮く感じがして、ウィルフレッドの体が眼下に見下ろせるようになった。

ウィルフレッドに抱かれているエディス——サラの人形。口惜しそうな顔をしているヒューゴ。

子供のように好奇心をたたえた瞳でウィルフレッドと人形を見ているシャンカール。

それがエディス・ハントの魂が最後に見た景色だった。

「……さようなら……」

もう、ウィルフレッドの叫び声も聞こえない。

エディスはただ浮き上がる感触に任せ、眠りに就《つ》くように、瞳を閉じるように——何もわからなくなった。

7

気づくと、エディスは噎《む》せ返るような花の群れに囲まれていた。

色とりどりの、鮮《あざ》やかな花に埋もれるように、横たわっている。

「綺麗……」

呟いたつもりだったが、声は音にはならなかった。

（ここが、天国なのね）

すぐに納得した。見渡す限りの花。

寝転んでいるから、どれくらいの広さがあるかはわからないけれど、きっとこの花たちは無限に咲き誇《ほこ》っているに違いない。

（もうちょっと明るければいいんだけど）

花の陰になっているのか、青い空も明るい太陽も見えない。ひょっとして天国に太陽はないのだろうか？

（……というか……寒い？）

それに、妙にじめじめする。

もしやここは天国などではなく、地獄なのでは——と思って、エディスは慌てた。

（そんな。生きている間はちゃんとお祈りも欠かさなかったし、神さまに罰されるような悪いこともしていなかったのに……『生ける屍』になったのは私のせいじゃないわ。ああ、それとも）

ひとつの可能性に気づいて、エディスは愕然《がくぜん》とした。

（それとも私に、神さまより大切な人が出来てしまったから……？）

答えがわからないまま、エディスは何か物音を聞いた気がして、そちらの方へ首を巡らせた。体は動く。ずいぶんと重たくて、思うようにはならなかったが。

「エディス」

名前を呼ぶ声に、はっとした。

どうにか起き上がろうとするが、指先と爪先《つめさき》が震えるだけで、寝返りすら打てない。

「——エディス！」

嘘でしょう、と思って、エディスはにっこり笑った。顔の筋肉は動く。瞳も。

起き上がれないままに、エディスはもっとも愛する人が、花を踏み分けて自分の方へ駆け寄ってくる姿を見た。

（そうか、ここは、天国の門に至るまでの待合いなのね）

大好きな人にそっくりな天使が迎えに来てくれるなんて、さすが神さま、気が利いているわ。

にっこりしたまま、エディスはウィルフレッドそっくりの神さまの使いに体を起こされ、抱き締められた。

「エディス……！」

天使の体は温かい。温《ぬく》もりが伝わってくる。

（声までウィルフレッドそっくりだなんて、芸が細か……い――）

嬉しくて、声を上げて笑おうとしたエディスは、次の刹那《せつな》、逆に息を呑んだ。

「……あ……！」

頭の芯がグラつく。何か渦《うず》のようなもの――感情や――記憶が、頭の中を、体中を、駆け巡る。

「あ……、ああ……」

それは体の奥底からやってきたように思えた。

「ウィルフレッド……」

涙が溢れる。暖かな水分が、エディスの頰を濡らす。

（私、泣いてる。涙が出ている！）

強張《こわば》った体を夢中で動かして、エディスはウィルフレッドを抱き返した。

「ウィルフレッド！」

思い出した。全部、思い出した。

（違う。覚えていたんだわ、この体が）

誰に説明されなくてもわかった。この体は、自分のものだ。エディス自身の体。

そして――目の前にいるのは、強く、痛いくらい抱き締めてくれているのは、天使なんかじゃない。

本当のウィルフレッドだ。

「私、生きてる！　生きてるわ、ウィル！」

ぎゅうぎゅうとエディスを抱き締めて、その髪に顔を埋《うず》めていたウィルフレッドが、少しだけ力を緩め、エディスの顔を覗き込んだ。

「――久しぶりに、そう呼んでくれたね」

ウィルフレッドの顔も涙で濡れていた。泣きながら笑っている。

二人とも、泣き笑いでまた抱き合った。

「おかえり、俺のエディス」

「……ただいま、ウィル……！」

天国のような極彩色《ごくさいしき》の花々に囲まれて、エディスは最愛の人と、強く抱き合った。

◇◇◇

「君の家で、君の声が聞こえなくなって……ヒューゴっていう君の大伯父《おおおじ》さんが『エディスの魂が消えた』って言うから、目の前が暗くなったけど」

花の中で、エディスはウィルフレッドに凭《もた》れ、目を閉じて彼の声を聞いた。

体はずいぶんと痩《や》せてしまって、重たいし、頭はぐらぐらするけれど、胸いっぱいに幸福が拡《ひろ》がっている。

「俺の家に隠した君の体がどうなったかたしかめないとと思って、大急ぎでここに戻ってきたんだ」

ここは、スワート家の敷地にある塔の地下だ。ウィルフレッドの曾祖母の頃に使われていた場所で、本館を離れた場所に建て直したから、今は誰も使っていない。

だからウィルフレッドは、自分の『夢』のために、こっそりとここに忍び込んでいたのだと、エディスも以前聞いていた。

葬儀の後、墓地から盗み出したエディスの体を、ウィルフレッドはこの塔の地下に隠していたのだ。

誰にもみつからないように、花に埋もれさせて。

食べ物は受け付けてくれなかったが、必死に水を飲ませ、どうにかして生き返るすべがないかと図書館で文献を調べると同時に、エディスをこんなふうにした犯人を捕まえようとしていた。

「ここ、あなたのあの詩のようね」

うっとりと、エディスは呟く。

あのラブレター。

あれは、ウィルフレッドが書いたものだ。

――愛《いと》しいあなたを、誰の手にも触れられないよう、咲き誇る花の下に隠してしまおう。

(詩じゃなくて、戯曲《ぎきょく》だったんだわ)

ウィルフレッドは判事ではなく、戯曲家を目指していた。子供の頃に見た芝居が忘れられず、父親に隠れていくつもの小説や、詩や、戯曲を生み出していた。

それをエディスに見せてくれたのだ。

エディスはウィルフレッドの書く物語が大好きだった。とりわけ、愛する人を自分のものにするために、花の下に隠そうとする青年の話に心惹かれた。

彼が観客に向けて語る独白を、いつか実際の舞台で聞いてみたいと、エディスにとってもそれは素敵な夢だった。

照れて嫌がるウィルフレッドに頼み込んで、その独白を書き写させてもらったのだ。

まだ夢をエディス以外に知られるわけにもいかないし、何より未熟で恥ずかしいから、誰にも見られないようにと念を押されて。

「こうすれば、少しでも君から死が遠ざかるような気がしていたんだ。それが正しかったのかはわからないけど……」

「正しかったんだわ、きっと。だって私、こうして生きているもの」

天に召されるはずだったエディスの魂は、サラの人形から解き放たれ、本来の体へと戻った。

「アイミアが君に飲ませたシャンカールの薬が切れたのか、それとも……」

「それとも、もう一度あなたを好きになったから、この体に残された同じ気持ちと惹かれ合ったのかもしれないわ」

正解などエディスにもウィルフレッドにもわかるはずがなかったが、エディスには、それが真実なような気がする。

薬によってウィルフレッドを愛する心を奪われ、エディス・ハントは死んでしまった。

あるいは、ウィルフレッドを愛する心と分断された魂だけ、本来の体からはじき出されてしまった。

「サラおばあさまの人形に魂を移されて、目覚めた時にはあなたとの約束も、アイミアにされたことも全部忘れてしまっていて……混乱していたけど、とにかく家に帰りたくて、その一心でシャンカール先生の家から抜け出したのね。でも、帰った先では『生ける屍』だと家族に怖《おそ》れられ、追い払われて」

「……すまない。俺も、君に散々ひどいことを言った」

ウィルフレッドが口惜しそうな、自分が情けなくて仕方がないというような声で言う。

「本当の君は、ここで眠っている体だけだと思ったんだ。それに生き返ったっていうエディスは、どう見ても別人だった」

エディスはウィルフレッドを見て、首を傾《かし》げる。

「おばあさまと私、そっくりでしょう？　家族やアイミアにだって、体が贋物《にせもの》だなんてわからなかったのに」

ウィルフレッドがエディスを見返し、同じように首を捻《ひね》った。

「うーん……言われてみれば似てはいるんだろうけど、俺の目にはまったくの別人に見えたよ。だから君が、俺のエディスに成り代わろうとする怖ろしい存在に見えた。君をこんな目に遭わせた犯人に違いないとも思っていたし……すまない」

後悔しきった様子のウィルフレッドに、エディスは微笑んで首を振った。

「いいの。サラの体が別人だって気づいてくれたのが、嬉しいもの。それにあなた、何度も私が本物に見えるって、悩んでいたから」

エディスのような顔をするのはやめてくれと、ウィルフレッドは何度も苦しそうに訴えていた。

体は自分の手許《てもと》にあるから『生ける屍』のエディスは贋物であるはずなのに、どうしても『自分の愛したエディス』にしか見えない時があるから、混乱していたのだ。

そのことが、エディスには嬉しかった。

「だからそんなに悔いた顔をしないで。あなたが体も、魂も、両方私だってわかって、愛してくれたことが、とても嬉しいわ」

エディスがそう伝えると、ウィルフレッドはようやく安堵したように、微笑み返してくれた。

「でも、私、これから、どうすればいいのかしらね……」

ウィルフレッドに心置きなく凭れて体重を預けながら、エディスは少し、不安だった。

もう一度生き返ったなんて、家族にも世間にも、どう説明するべきなのか。

それにもうひとつ、気懸かりなことがある。

「アイミアは、大丈夫かしら」

眠ったままの友人のことを口にすると、ウィルフレッドが微妙な表情になった。自分を殺した相手を心配するのかと思っているのがありありとわかる顔だったが、口に出しては何も言わず、小さく頷いただけだ。

「家を出る前に、君のメイドに頼んで、すぐにまともな医者を呼んでもらうように言っておいたよ。ついでに、警察を呼ぶようにとも」

「警察……」

たしかに、ヒューゴはともかく、シャンカールを放っておくわけにはいかないだろう。

彼は実験と称して毒薬を作り、結果としてエディスを殺し、アイミアも倒れてしまったのだ。

「でも、おとなしく捕まるかしら」

「もしかしたら、今頃は逃げ出してるかもしれない。……すまない、彼らが君にしたことを絶対に許すつもりはないけど、それより、君のことしか考えられなくて」

「いいの」

エディスは勿論《もちろん》、ウィルフレッドに大きく首を振って見せた。

「悪党のことは、警察に任せましょう。だって私、生き返ったんだもの。アイミアだけが心配だけど……」

「君も本当のところは死んでないのに、あの医者が死んだと言って、ヒューゴのことを騙《だま》したんだろう？」

そういえば、そんな会話をしていた気がする。

シャンカールは、ヒューゴの死霊魔術《ネクロマンシー》を見たくて、嘘をついたのだろう。まったくひどすぎる悪党だ。

「じゃあ、アイミアも眠っているだけかしら。だといいんだけど」

「とにかく、君は戻ってきた。たしかに、それだけで充分だよ」

ウィルフレッドはアイミアのこともシャンカール同様、許せずにいるようだった。エディスはまだ彼女についてどう受け止めればいいのか、決めかねている。犯人をみつけたら『ぶん殴ってやる』などと勇ましく宣言していたが、少なくとも今はとても、そんな気分にはなれなかった。

ただ今は、目の前にウィルフレッドがいて、その体温をはっきりと感じられる事実を喜ぶことにする。

「でも……結局世間的には、『エディス・ハント』が死んだことに変わりはないわよね。このまま本物の体で生きていけるとしても、ずっと悪評は消えないだろうし……ウィルとの婚約は、破棄されたままでしょうし」

「そんなの」

ウィルフレッドが、おかしそうに言う。

顔を上げると、ウィルフレッドはエディスの大好きな、エディスにしか見せない、優しい顔で笑っていた。

「もう一度計画を実行するだけだ。君を攫《さら》っていくよ、エディス」

「……うん！」

エディスも顔を綻《ほころ》ばせた。

そう、最初から、そうする以外に選びたい道なんてなかった。

あの日失敗した駆け落ちを、もう一度実行すればいい。

嬉しくて笑うエディスに、ウィルフレッドがそっと顔を近づける。エディスは微笑んだまま瞳を閉じた。

ウィルフレッドの唇が唇に触れる。懐かしい感触。

夜会にもオペラにも誘ってくれなかったウィルフレッドは、この塔にエディスをこっそり連れてきて、夢の話を教えてくれた。

綺麗なドレスを着ておいしい料理を食べたり素敵な音楽に合わせて踊るより、他の人の作ったオペラを観《み》るより、ここでウィルフレッドと二人きりでいる時間が昔も今も、エディスにとっては何より幸福だった。

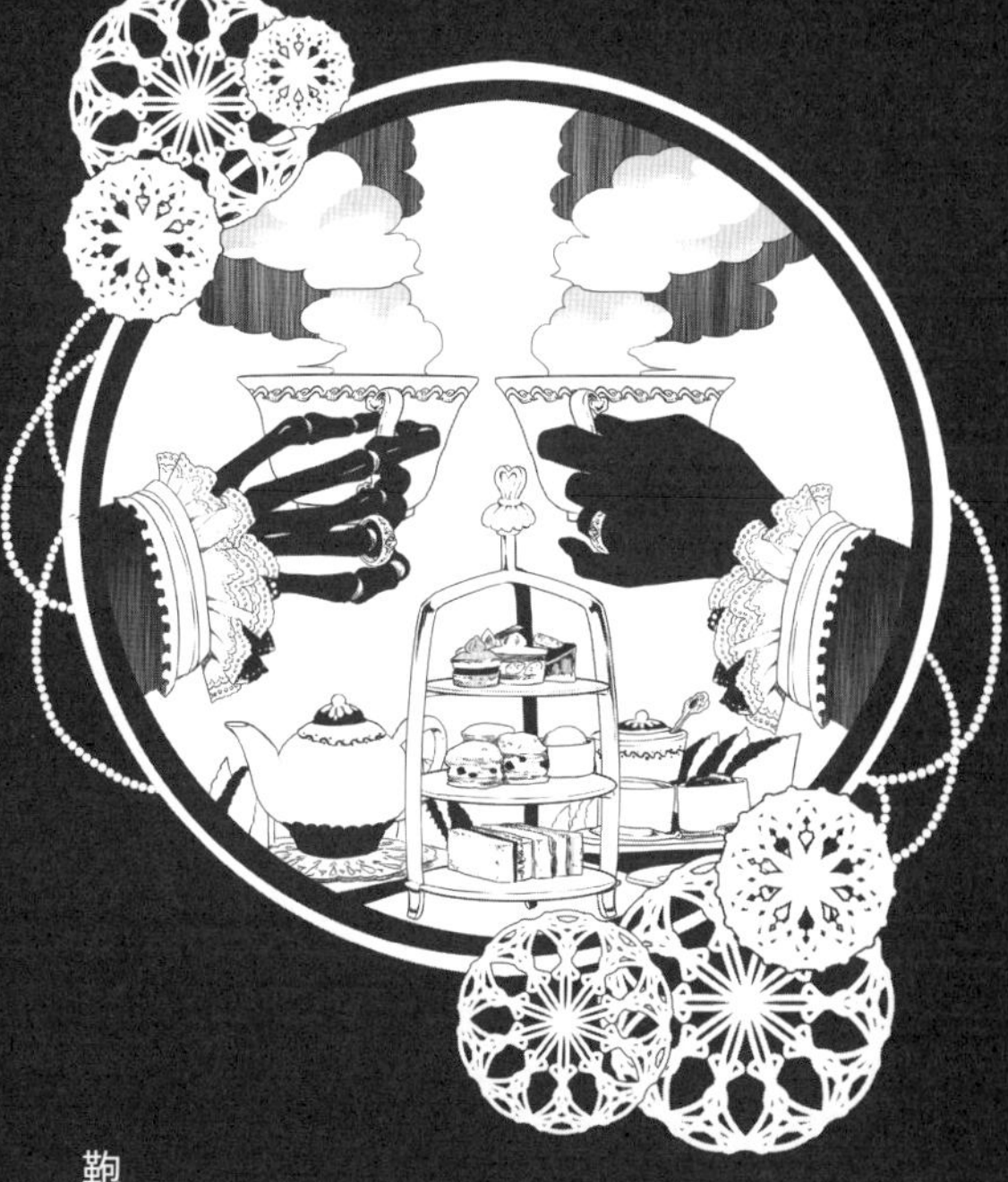

鞄に愛だけ詰め込んで

kaban ni
ai dake
tsumekonnde

エディス・ハントの汚名は晴れなかった。

エディスの視点で言えば、「『仮止め』されていた人形の体から、実は生きていた自分の体に戻った」ため、まさに「生き返った」と言える状況だったのだが――。

「世間的に見れば、死んだ『エディス・ハント』様は、結局死にっぱなしですものね。見た目の状況は何も変わっていませんし」

エディスの向かいでソファに座り、ティーカップを手にしながら、侍女が言う。

「それに今さら『この体は息をしている』と大々的に触れ回ったところで、神様に見放された背徳者《はいとくしゃ》という評判は覆《くつがえ》しようがありませんから」

淡々と告げる侍女に、エディスはソファに凭《もた》れて大きな溜息をついた。

死にっぱなしって、主人に対して、いえ当の本人に対して言う言葉じゃないでしょう……という苦言《くげん》は飲み込む。

それは真実に違いなかったからだ。

「でも、法律的に言えば、一度だって死んでなんていないのに。私は未《いま》だに『ハント伯爵《はくしゃく》家の娘』のままよ。なのにどうして、相変わらずこんな小さな家に閉じこもってなくちゃいけないのかしら……」

繰り言《くりごと》だとわかっていても、エディスは延々愚痴《ぐち》を止められない。

無事、というにはいろいろありすぎたが、とにかくエディスの体にも魂にも何ら損傷《そんしょう》なく生き返ってから、早一ヵ月。

最初の二週間は幸福だった。あまりに幸福だった。しばらく魂のない状態で眠ったきりだった体はすっかり萎《な》え、立ち上がるどころか身を起こし続けることも辛かったのだが、そのおかげでエディスはしばらくウィルフレッドと一緒に過ごすことができたのだ。

ウィルフレッドは自分の暮らすスワート家の本館から、毎日こっそり離れの塔に通って、エディスに会いにきてくれた。

身の回りの世話のためにエディスの侍女であるカリンも呼び寄せられたが、彼女は気を利《き》かせ、ウィルフレッドが来る時は二人きりにしてくれた。

ウィルフレッドへの恋心をシャンカールの薬によって奪われていた時間を取り戻すように、甘く、蕩《とろ》けるような時間を過ごした。

が、それも直《じき》に終わった。エディスの体力も回復したので、ひとまずハント家に戻ることはできないかと、ウィルフレッドと共に両親の元を訪《おとな》ったのが、まず失敗だった。大失敗だった。

エディスの身の上に起きたこと、要するに大伯父《おおおじ》であるヒューゴの死霊魔術《ネクロマンシー》によって体が入れ替えられていたことを説明し、決して神に背《そむ》いた報《むく》いで生ける屍《しかばね》になったわけではない――という説明を試《こころ》みたのだが、両親、特に父親の方はますます娘への恐怖を強めてしまったのだ。

サラお祖母様《ばあさま》のお兄様、とエディスが口にした瞬間、泡を吹きかねない勢いで父親がひっくり返った。

『あ、あ、あの悪魔が、この街にいるというのか！』

人はここまで顔色を失くせるものだろうかと驚くような有様で、応接間のソファから転げ落ち、床に這いつくばったまま父親は言った。母親の方は、父親のようにひっくり返ったりこそしなかったが、ソファの肘《ひじ》置きに体を預け、蒼白な顔で喘《あえ》ぐような呼吸を繰り返していた。

『いえ、おそらく、追及を避けるために別の土地に逃《のが》れたと思います』

ウィルフレッドはハント伯爵の反応を予想していたのか、エディスのように驚くこともなく、冷静に答えた。

『シャンカール医師と一緒にいるかは、わかりませんが。彼の方は警察の取り調べでしばらく拘束されていて、姿を晦《くら》ませたのは、ヒューゴと名乗る男が逃げたあとでしたから』

ミド・シャンカールは、エディス・ハントの毒殺を教唆《きょうさ》し、実行犯たるアイミア・ジュソーに毒物を渡した疑いで、警察に捕えられた。

しかしシャンカールの用意した薬の瓶《びん》から致死性《ちしせい》の毒物は検出されず、そもそもエディスの死亡届は提出されていないので、『エディス・ハント殺害』という犯罪自体が成立していない。

シャンカールは取り調べのあとに解放され、そのまま街から姿を消した。

『そ、それで、おまえ、エディスは、やはり、あのおぞましい魔術の犠牲になったのか……』

父親がエディスを見る目は、殺されたあとでハント家に戻った時と少しも変わらなかった。

『ええ、でも、今は元どおりの私の体です。脈もあるし、呼吸もしています。体温だって』

屍体《したい》を玩《もてあそ》ぶ忌《い》むべき魔術だ、両親が受け入れられないことは仕方がないのだろう。死霊魔術師《ネクロマンサー》の存在など、普通の人間ならば馬鹿馬鹿しいと一笑《いっしょう》に付《ふ》すようなものだが、エディスの両親はおそらくヒューゴの『仕事』についての知識がある。だからこそ、実の娘に対してここまで怯《おび》えることができるのだ。

『無理よ、ごめんなさい……』

母親は、とうとう泣き出してしまった。

『あなたのせいじゃないことはわかっているわ、エディス。でも万が一にも伯父さまの存在が、いえ、メッセル家のことが明るみに出れば、エドワードやナヴィンまでがそれに関わっていると疑われるわ。誰もハント家に嫁《とつ》ぐ人はいなくなって、世継ぎにも恵まれずに、ハント家まで没落《ぼつらく》してしまうのよ……！』

メッセルは、エディスの母方の、つまりはヒューゴの家。

――サラには、俺が屍体を玩ぶいかがわしい魔術師だという噂で、苦労をかけた。

ヒューゴがそう言っていたことをエディスは思い出した。すでに没落した家だが、ハント家とは遠縁でもあり、誰かが掘り返せば累《るい》はハント家嫡男《ちゃくなん》である兄に、病弱な兄の代わりに家を継ぐかも知れないナヴィンにも及ぶかもしれない。両親はそれを怖《おそ》れているのだ。

『では、エディスのことは、このまま放っておくというんですか』

ウィルフレッドが憤《いきどお》りをどうにか飲み込もうとする声音で訊ねた。ようやくソファに座り直した父親が、訝《いぶか》しげにそんなウィルフレッドを見遣った。

『そもそも君は、なぜここにいるんだ。エディスとの婚約破棄を一方的に突きつけてきたのはスワート家の方だろう』

父親が訝るのも無理はないだろう。エディスとウィルフレッドが形式上だけではなく愛し合っていたことは、本人たち以外知らない。

『私は、エディスを愛しています。父の意向とは関係なく、結婚したいと思っています』

きっぱりと宣言したウィルフレッドに、エディスの両親はお互い目を見合わせた。

それから、探るようにウィルフレッドに視線を向けた。

『もし、スワート家でエディスを引き取ってくれるなら……信心深く公平なスワート家に嫁ぐことができれば、エディスに関する不名誉な噂は、噂でしかなかったと、世間に知らしめることができるだろうが……』

父親の言葉に、今度はエディスとウィルフレッドが目を見合わせる番だった。

たしかにスワート家は代々この国の神に仕《つか》える敬虔《けいけん》な信徒で、当主は神の名と法の下《もと》に罪人を裁《さば》く判事を務めている。嫡男のウィルフレッドがエディスを娶《めと》れば、世間は「あのスワート家が迎え入れたのだから、エディスが背徳者であるはずがない」と、信じてくれるだろう。

しかしウィルフレッドは、自分の夢のために、父親の跡を継ぐ道を捨てようとしている。

エディスはそんなウィルフレッドに添うため、駆け落ちも辞さない覚悟だった。そもそもの決意が、アイミアを凶行に走らせた原因になったのだが――。

『それならば王宮にもかけあって、大々的に婚約式や結婚式を行い国中に知らしめよう。エディスはもう生身に戻ったんだろう、社交界にも堂々とウィルフレッドと手を取り合い顔を見せれば、何、一時《いっとき》の噂なんて、あとになればくだらない戯《ざ》れ言《ごと》だったと忘れ去られるに違いない』

両親が希望に満ちた顔になる分、エディスの心は沈んだ。

『お父様、お母様、でも……』

『わかりました。必ず父を、説得してみせます』

事情を打ち明けようとしたエディスをウィルフレッドが遮《さえぎ》るように言い切り、エディスは愕《がく》然《ぜん》として元婚約者の顔を見た。ウィルフレッドはエディスにただ、小さく頷いた。

とりあえずウィルフレッドとの婚約を改めて取りつけるまでは、ハント家に近寄らないでほしい――という遠回しな両親の懇願《こんがん》を受け入れ、ささやかな我が家に戻る途中、エディスは一緒の馬車に乗るウィルフレッドを不安な心地で見上げた。

『ウィル、どうしてあんなことを言ったの？　あなたは判事ではなく作家になるんでしょう？』

それがウィルフレッドの心からの夢だ。たとえ貴族の立場をなくしても、エディスはその夢についていって、どんな苦労も厭《いと》わない覚悟でいたのに。

『君の幸福には代えられない』

ウィルフレッドは迷う素振りもなく答えた。

『私、ウィルといれば幸せだわ。家も、国だって捨てて、悔やむことなんて絶対にない』

『――エディス・ハントの名前が、もうこの国の外にまで広まっているんだ』

少し言い辛《づら》そうに、エディスの手を取って、ウィルフレッドが言った。

『え?』

『詩人が作った歌が、面白可笑《おか》しく伝わっている。君の名と、それにこの銀砂《ぎんしゃ》を撒《ま》いたように光る髪と、紫石英《アメジスト》のように輝く瞳。陶磁器《とうじき》のような肌に透《す》き徹《とお》った声……この世にふたつとない姿が、余所《よそ》の国の市井《しせい》の人々にまで知るところにある』

ウィルフレッドの指先が、今度はエディスの髪を一房《ふさ》取る。間近で瞳を覗き込まれ、エディスは多分そんな場合ではないわと思いつつ、ついウィルフレッドをうっとり見返してしまった。

『国を出れば平穏に暮らせるとも限らない。それに、戯曲《ぎきょく》や詩や小説で食べていくには相当な時間がかかると思う。そのうえ人の目を気にしながら暮らしていくような環境に君を置くのは辛い。でも……君を置いていく選択肢もない』

『あたりまえよ、置いていったりしたら、私、毎晩、いえ、一日中何日だって泣き続けるわ』

すでに泣き出しそうなエディスを見て、ウィルフレッドが困ったように微笑《ほほえ》んだ。

『俺の夢は消えてなくなるようなものじゃないんだ。判事をやりながらこっそり書き溜めてもいい、判事としてそれなりの実績を得て、君の噂が口の端《は》に上《のぼ》らなくなる頃に改めて挑戦したっていい。とにかく今は、君が置かれた理不尽な立場を払拭《ふっしょく》するために、力にならせてくれ』

『ウィル……』

ウィルフレッドはそのままエディスを送り届けたあと、スワート家に戻っていった。

そしてそれから、一度も、エディスの前に姿を見せていない。

たった一度きり、『父と決裂した。今は軟禁《なんきん》状態にあるけれど、必ず君を迎えに行く。あともう少しだけ待っていてくれ』という手紙が届いただけだ。スワート家の下男らしき男が、エディスの家の門の中に投げ込んで、すぐに立ち去っていった。

エディスも慌ててカリンをスワート家へと使いに出したが、門前払いを喰ったという。次には弟のナヴィンを介して連絡を取ろうとしたのに、ナヴィンもひどい扱いで追い払われたと怒り狂い、『たとえ元屍体の姉さんだろうと、他に貰《もら》い手がなかろうと、あんな家の男に嫁がせるわけにはいかない』などと息巻いていた。

一連のことを思い出し、エディスはもう一度深く、深すぎる溜息を吐いた。

(どう考えても、スワート子爵《ししゃく》がウィルをどこかに閉じ込めているんだわ)

子爵はエディスと自分の息子の婚姻に反対し、ウィルフレッドはそれに反撥《はんぱつ》したのだろう。子爵は厳格で頑固そうな人だった。そして信仰心に厚く、生ける屍と呼ばれたエディスにいい感情を持っているはずがない。子爵夫人は物静かな女性で、つまり子爵の言いなりだ。軟禁、と手紙にあった。子爵は息子が翻意《ほんい》するまで、家を出さないつもりに違いない。

（待っているだけでいいのかしら、私……）

エディスはこの半月というもの悩み続けているが、とはいえ、当の『エディス・ハント』がスワート家に出向いたところで状況が改善するどころか、悪化する未来しか見えない。

一人で居続けると、不安が募《つの》った。死んでから生き返るまでは、自分を殺した犯人を絶対にみつけだしてやるという気概で、頑張れたのに。

「アイミアとも会えないし……寂しいわ」

「お嬢様、ご自分を殺害した相手を、まだ恋しがっていらっしゃるんですか？」

つい口から漏れた言葉を侍女に聞き咎《とが》められ、訝しげに問われて、エディスはむっとした。

「それはそれよ。アイミアがずっと私に親切で、大好きだったことに変わりはないもの」

アイミアはシャンカール同様、何の罪にも当たらない不能犯として、罰を与えられることはなかった。彼女は素直にありのままを警察で話したようだが、荒唐無稽《こうとうむけい》な自白は誰にも信用されず、『親友が死に、しかも生き返ったせいで精神が混乱している』と同情を買って終わったらしい。エディスが生ける屍になどなったせいだと、なぜかこちらの悪評が強まったが、それはいい。

エディスにとっては、アイミアがおどおどした気弱な少女に変わってしまったことが、衝撃だった。

（シャンカール先生の薬って、本当に、効いたのね）

愛する人を忘れる、という薬。アイミアに飲まされたエディスはウィルフレッドとの思い出を忘れ、自《みずか》らそれを呷《あお》ったアイミアはエディスへの執着を失くした。

エディスと出会ったことで強くなる決意をした彼女は、元々の引っ込み思案《じあん》で泣き虫な少女に戻って人と喋《しゃべ》ることも嫌い、心配した両親の勧《すす》めで今は郊外で療養している。当然ながらエディスが彼女と連絡を取ることなどできなかった。ジュソー家に取ってエディスは疫病神《やくびょうがみ》だ。

アイミアのことを思って、エディスはまた深く息を漏らした。

「カリンがいてくれてよかったわ。ウィルともアイミアとも会えないうえに、一緒に過ごす侍女がもしカリンと違って私を気味悪がって目も合わせてくれなかったり、逃げ出したりしたら、私もう、気が変になりそう」

今のエディスの慰めといえば、大好きな紅茶と、カリンお手製のスコーンとクロテッドクリームと、ブラックベリーのジャムばかりだ。今までは人形の体だったので、お茶やお菓子の味も香りもわからなかったが、元の体に戻ってからそれを堪能《たんのう》して、エディスはとても感激した。

「私も、せっかくのスコーンがお嬢様のおなかの中で腐らずにすむようになって、嬉しいです」

しかし口の悪い侍女だった。普通良家の子女《しじょ》につく侍女はそれなりの家柄と教養を持つレディであるべきだが、カリンは生ける屍の世話をするなんてまっぴらだと皆が逃げ回る中、白羽の矢が立ってしまっただけの、元は一介のスカラリーメイドだった。大家族で田舎暮らしをしていたが、半《なか》ば口減らしのために、縁故《えんこ》の縁故のまた縁故を頼ってハント家に雇われたと、本人が言っていた。家事は得意だが、言葉遣いや態度の教育までは行き届かないままここにいる。

（でもその方が、気が楽よね）

エディスにとっては、自分の境遇を嫌悪されるのも、憐れまれるのも気が重い。カリンくらいずけずけと話してくれる方が、ある意味で嬉しかった。

「じゃあ、もう一杯お茶をいただける？　今度はミルクを入れてね、蜂蜜《はちみつ》もたっぷり」

「はい」

カリンのお茶もスコーンも最高だけれど、こうして家にいることしかできないことが、エディスにはもどかしいし、口惜しい。自分が表立って動くほどウィルフレッドの立場を追い詰める気がするので、じっとしているしかないなんて。

（どうにかしてウィルと連絡が取れたら、もうお互い家なんて捨てて、元の約束どおり駆け落ちしましょうって、言えるのに）

もしかしたらウィルフレッドも、今は父親の説得など諦め、エディスと逃げてくれるつもりなのではないだろうか。

必ず迎えに行く、と手紙には記《しる》してあった。きっと、いや絶対に、ウィルフレッドはエディスを攫《さら》いに来てくれるだろう。

そう信じていなければ、今すぐにでもスワート家に自ら乗り込んで、「ウィルフレッドに会わせてくれなければ、私が生ける屍のエディス・ハントだと大声で喚《わめ》き続ける」とでも子爵を脅《おど》してしまったかもしれない。

以前の自分ならそんな暴挙に及ぶなど考えもつかなかっただろうが、今はそうしたい衝動を抑えるのに苦労する。

（そりゃあ私の評判はもう地に落ちているから、今さら何を言われても構わないけど……ウィルフレッドまで悪く言われるのは……でも、こんな我慢はそろそろ限界だわ）

ソファに置かれたクッションを抱き締めて煩悶《はんもん》していたエディスは、部屋に漂ってきたいい香りで、少し冷静になった。カリンがお茶を淹《い》れ直してきてくれたのだ。リクエストどおりのミルクティー。スパイスも利いている。一口飲んで、さらに落ち着く。

「おいしい。本当にカリンはお茶を淹れるのが上手ね」

本当に、この侍女と彼女の淹れてくれるお茶がなければ、エディスはこうしておとなしくウィルフレッドを待っていることなんてできなかっただろう。

「――お嬢様、それから、これを」

「え？」

カリンが、後ろ手に隠し持っていたものをエディスの方に差し出した。

エディスは大きく目を見開く。

「まあ……かわいい！　どうしたの、これ！」

差し出されたのは、エディスが抱き締めていたクッションと同じほどの大きさを持つ、熊のぬいぐるみだった。薄い茶色の生地で縫《ぬ》われたものに、レースのついた薄黄色の小花柄のドレスを着せられている。頭には同じ生地のボンネット、鮮《あざ》やかな空色をしたサテンのリボンが首元で結ばれて可愛らしい。尻尾《しっぽ》の上には、エディスの名前を刺繍《ししゅう》したタグまであった。

「暇を見て、手慰《てなぐさ》みに縫ってみたんです」

「素敵……！　この子のドレス、私のドレスと同じ生地ね？」

「先日綻《ほころ》びて古くなったものを処分するよう申し付かりましたけど、勿体《もったい》ないので雑巾《ぞうきん》と、この服に使いました」

「カリンはお裁縫も上手なのね。これ、私に？」

感激するエディスに、カリンはぶっきらぼうな仕種で頷いた。

「奉公に出る前、寂しがって泣く小さい妹に作ってやったら、喜ばれたのを思い出したんです。……お嬢様が夜の間中泣いてるのが耳障《みみざわ》りで私まで眠れなくて、困っていたので」

顔を合わせたばかりの頃なら、何て失礼なことを言う侍女だと憤っただろうが、エディスはカリンがちゃんと自分に好意を持っていることをもう知っている。アイミアに二度目に襲われた時、カリンは必死にエディスを守ろうとしてくれたのだ。

迷惑だから作ったという口振りだったが、実際のところは、泣いているエディスを心配してくれたのだろう。

（口が悪いのは、侍女として、どうかと思うけど）

しかしまあエディスだって貴族の令嬢としてはすっかり規格を外れているので、ちょうどいいのかもしれない。

それに熊のぬいぐるみはとても可愛らしいし、職人が作ってお店で売っているものと引けを取らないくらいのできばえだ。エディスは嬉しくて仕方がなかった。

「お部屋に飾っておくわ。この子を見て元気を出して、もう泣かないようにする。でもそんなに毎晩、泣いていたつもりはないんだけど……」

不安な夜に耐えきれずに啜《すす》り泣いてしまうことはあったが、カリンに知られているとは思っていなかったので、エディスは恥ずかしくなった。

「お食事もろくに食べないせいで、きっとおなかが空いて、余計に切なくなるんです。夜中に泣きたくなったら、私を叩き起こしてお茶を淹れさせればいいんですよ」

「ありがとう、カリン」

カリン流の慰め方に、エディスはずいぶん救われた気持ちになった。ドレスを着た熊を膝に載せ、その鼻面《はなづら》をつつく。

「あなたも、一緒にウィルを待ちましょうね」

熊の、ボタンで作られたつぶらな瞳がエディスを見返す。

ぬいぐるみに元気づけられたエディスは、急に、自分が相当意気消沈《しょうちん》していたことに気づいた。落ち込んでいることは自覚していたが、ふと、「どうして私がこんなところに閉じこもっていなくちゃならないの」という気持ちが湧き上がり、それを抑え切れていたなんて、落ち込みすぎだったわと反省する。

「──カリン、私、やっぱりウィルフレッドを迎えに行ってくるわ」

「は？」

熊を抱えたまま突然立ち上がった主人に、カリンが目を丸くした。

「ウィルフレッド様のご評判に関わるから、それはやめておくとおっしゃっていたのでは？」

「そうだけど、もう二週間よ。ウィルフレッドが私を二週間もひとりで放っておくはずがない、どうやっても出られないところに閉じ込められているんだと思うの。助けに行かなくちゃ」

軟禁などという生易《なまやさ》しいものではなく、監禁なのではないだろうか。部屋の外から鍵をかけられ、見張りをつけられ、決して逃がさないようにと。

「最悪のことに思い至ったのよ、ウィルフレッドの決意が固ければ固いほど、スワート子爵は危機感を持って、私を諦めさせようとするでしょう。そのために、私以外の結婚相手を連れてくるんじゃないか、って」

自分でそう口にしながら、エディスは心臓がきゅうっと絞《し》まるような感触を味わった。自分以外の女の子が、ウィルフレッドと添い遂げるなんて。考えるだけで苦しくて、泣きそうだ。

「いくらウィルフレッドが拒《こば》んでも、子爵の名前で王宮に届け出て、貴族院で認められてしまえば、噂は市井にまであっという間に拡《ひろ》がるでしょうし、もう覆しようがなくなる……むしろ、子爵がそうしない理由が思いつけないでしょう？　きっと、すでにその準備をしてるはず。それがすむまで、ウィルフレッドを閉じ込めているんだわ」

言葉にすればするほど、自分の想像が間違いようのない事実であるように思えてくる。

「だから、私の名誉回復なんてどうでもいいから、今すぐ逃げましょうって伝えるの。もともと駆け落ちする予定だったんだもの、ウィルフレッドだって覚悟も準備もできているはずよ。今回どうしても子爵が駄目と言ったら、約束どおり私を攫ってくれるつもりでいたと思うの」

「それはまあ……そうでしょうけど。お嬢様の身の回りの整理をしておくように、それとなく頼まれましたから」

「そうなの？」

訊ねたエディスに、カリンがどことなく不機嫌そうに頷いた。

「ハント伯爵やお嬢様には『絶対に子爵を説得してみせる』とおっしゃってましたけど、無理だった時の二の手を考えていたんでしょうね。それで、お嬢様の言うとおり、子爵にそれを見透かされて軟禁されたんだと思います」

子爵の厳格さは、誰より息子であるウィルフレッドが承知しているだろう。それでもエディスの名誉のために、少ない可能性を見出して、子爵にかけあってくれたのだ。

エディスは胸が一杯になった。

（本当に……大好き、ウィルフレッド）

直接そう伝えたくて、抱き締めたくて、その思いが強すぎて、体から溢れそうになる。耐え切れそうになくて、カリンの態をぎゅっと抱き締め、それに顔を埋《うず》めた。

「ウィル……」

——呟いた自分の声が妙に掠《かす》れて聞こえたことに、エディスは疑問を持った。

だがその理由に思い当たる前に、急激に体のバランスが崩れ、ふわりと、宙に浮くような感覚を味わう。

（え……）

目の前が暗くなった。落ちる、と思って咄嗟《とっさ》に体を立て直そうとするが、思ったように動かない。

床にぶつかる恐怖で反射的に目を閉じたら、とさりと、やたら軽い音が聞こえた。

「……？」

おそるおそる目を開けたエディスは、視界いっぱいに拡がった赤いものが絨毯《じゅうたん》だと気づくのに、数秒かかった。やはり床に倒れてしまったのか。

「あら」

カリンはきっと驚いて慌てるだろう。そう思ったエディスに反して、軽い調子で呟く侍女の声が耳に入る。

「どうなさったんですか、急に態を放り出して。八つ当たりです？」

「八つ当たりって、別にそんなんじゃ……」

ひょいと、体が持ち上げられたことに驚いて、エディスは途中で言葉を飲み込んだ。

さらに絶句したのは、あまりに間近でカリンに顔を覗き込まれたからだった。

「これがお気に召さないのなら、返してもらって、田舎の妹に送りますけど」

「……カ、カ、カリン」

至近距離で侍女の顔をみつめながら、エディスは震える声を絞《しぼ》り出した。

「はい？」

エディスに返事をしたはずのカリンの視線がふと外れ、エディスの背後に向けられる。

「お嬢様？　どこか具合がお悪いんですか？」

カリンの声音に微《かす》かな緊張が滲《にじ》んだ。

エディスだって、嫌な予感しかしなかった。

「お嬢様――お嬢様！」

「きゃ！」

ぽんと体を放り投げられ、再び床に落ちたエディスは悲鳴を上げる。数度転がり、どうにか体を起こした時、視界に入ったのは床に跪《ひざまず》くカリンと、その向かいでぐったりとソファに凭れてうつろな眼差しを虚空《こくう》に投げかけるエディス・ハントの姿だった。

「医者を……ま、町医者でいいの？　あの――の野郎はもういないし」

動揺するカリンの口から怖ろしい俗語《スラング》を聞いたような気がするが、そんなことよりと、エディスは必死にカリンのところに駆け寄った。

「カリン！　カリン、待って、私、こっち！」

「……⁉」

ぽふぽふと軽いものに腕を叩かれたカリンは、限界まで両目を見開いてエディスを——いや、自分が縫ってプレゼントした熊のぬいぐるみを振り返った。

「……ま……」

カリンの瞳には、驚愕と呆れが両方詰まっていた。

「またですか⁉」

エディスだって、そう叫びたかった。

◇◇◇

ウィルフレッド・スワートはベッドの上で溜息をついた。

（まったく、息子をまるで囚人《しゅうじん》扱いだ、子爵め）

ここ二週間、ウィルフレッドは自室から一歩も外に出られていない。ドアの外にも窓の下にも数人の男手が待ち構えていて、ウィルフレッドが少しでも逃げ出すような素振りを見せれば押さえつけにかかるのだからたまらない。

それでも諦めるわけにはいかず、何とか隙を見て逃走を試みたものの、駆り出されたフットマンや下男たちも死に物狂いだった。

（これじゃ、逃げ出すことはおろか、エディスに連絡を取ることだってできないじゃないか）

一度だけ、庭師見習いに大金を握らせ頼み込んでどうにか手紙を渡してもらえたが、その手はもう使えない。彼はスワート家を辞めて田舎に戻る予定だったからしぶしぶ請《う》け負《お》ってくれただけだ。あとは子爵に逆らうのを怖れる者たちばかりで、そのうえあの『エディス・ハント』の家に行く勇気など、誰も持てないのだろう。

エディスとの婚約破棄を撤回《てっかい》してもらおうとするウィルフレッドを見て、両親も、スワート家に仕える誰もかれもが、『生ける屍となった背徳の娘に誑《たぶら》かされたのだ』と信じて疑わない。

（俺は別に何と言われてもいいけど――エディス）

彼女の悪い噂をどうにか消し去りたくて、馬鹿な選択をしてしまったかもしれない。子爵がまったく取り付く島もなく、彼女の名前を口にした瞬間、嫌悪と怒りを押し込めた氷のような表情になったのを見て、ウィルフレッドは自分の甘さを悔やんだ。

父の正義感と信仰心、それを抱く父自身への矜持《きょうじ》は、火山のマグマにだって溶かせやしない。それを知っていたから、ウィルフレッドは判事ではなく作家になりたいという夢を細心の注意で隠し通し、叶えるには家を捨て父から逃げるしかないと理解していたのだ。

「エディスのことになると駄目だな、俺は……」

父を説得するのは生半《なまなか》なことでは無理だと覚悟していたから、出来得る限り論理的に、冷静に話をしようと思っていた。エディスが死んだという話がそもそも間違いで、すべてはミド・シャンカールという医師が企《たくら》んだ事件であるということ。そのシャンカールの逃走を許すのは警察や司法の敗北でしかなく、神も許さないだろう、とか。

とにかく標的をシャンカールに定めて、エディスはその被害者であり、理不尽な悪評に苦しむ彼女を救うことこそが正義である——と弁舌《べんぜつ》をふるう以前に、自室に閉じ込められた。

仕方なく言おうとしていたことを手紙を書いて近侍《きんじ》に託《たく》したが、子爵はそれを封も切らずに破って戻してきた。そのうえ、『長々と女々しい美文を垂れ流したいなら、作家にでもなったらどうだ?』という伝言を聞いて、ウィルフレッドは心底ぞっとした。息子の密かな夢を、どうやら子爵はいつの間にか察していたらしい。

だからもう、この家を出て、エディスを連れ去るしか、選ぶ道はない。父のことだ、そろそろ新しい婚約者を見繕《みつくろ》い、公表の手筈《てはず》を整えていても不思議ではない。

(だが、どうやって逃げる?)

何とかしてこの部屋、そしてスワート家の屋敷を抜け出したとして、簡単にエディスと合流できるとは思えない。子爵はエディスの住む家の周囲を見張らせているのだと、手紙を託した庭師見習いから聞いた。万が一にも息子が家を抜け出してエディスの元に行かないよう、先回りして構えているのだ。そこで捕まれば二度目はない。

(百年前なら、神明裁判《しんめいさいばん》で火審か水審か——いや、父のことだ、今の世でだってエディスを人心を怖れさせ治安を乱した咎《とが》などと言って、裁判所に引っ張り出す可能性も)

考えるだに、怖ろしくなる。たとえそこで無罪になっても、エディスの尊厳は衆目《しゅうもく》の前で辱《はずかし》められ、二度と社交界にも、街にすら、出られなくなるだろう。

だからウィルフレッドは下手に身動きが取れず、ここで力不足の自分を悔やみながら閉じこもっているしかないのだ。

(だがこのまま手を拱《こまね》いていても仕方がない。父もいい加減、俺が翻意することはないとわかっただろう、次の手を打たれる前に、どうにかここから逃げ出して、何としてでもエディスのところに……)

思い詰め、今すぐにでも動き出そうかとベッドから立ち上がった時、部屋をノックする音が聞こえてウィルフレッドは驚いた。もう朝晩の食事の時以外、この部屋のドアを叩く者はいなかったからだ。今はまだ昼過ぎ。

「ウィルフレッド様、お客様がいらっしゃいましたので、応接間にお越し下さるようにと旦那様が……」

「客?」

まさか、エディスではあるまい。部屋を出ろという子爵の指示に、ウィルフレッドは嫌な予感がした。

「誰だ?」

「マーティン侯爵《こうしゃく》家のご令嬢《れいじょう》でございます」

「マーティン……?」

エディスと同い年の少女の姿が脳裡《のうり》へと朧気《おぼろげ》に浮かんだ。社交界でときどき顔を合わせては、積極的に話しかけてくる令嬢だった気がする。嫌な予感が強くなった。

だが部屋を出られるなら幸いだ、少しの隙があれば外に駆け出してやる。そう決めて、ウィルフレッドはひとまず身支度をしてから、近侍の案内——見張りで部屋を出て、階下の応接間に向かう。

応接間では、明るい金髪の少女がきらびやかな服装でソファに座り、ウィルフレッドの母を前にして、高らかな笑い声を上げていた。

「あら、ウィルフレッド様、ごきげんよう。お邪魔しておりますわ」

ステイシー・マーティンはウィルフレッドの姿を見ると立ち上がり、実に優雅な一礼をして見せた。ウィルフレッドは無言で小さく頭を下げる。母親が、気を揉《も》んだ様子で息子を見遣った。

「ウィルフレッド、侯爵家のレディ・ステイシーよ。きちんとご挨拶《あいさつ》なさい」

おろおろする母親の様子で、ウィルフレッドは察した。彼女こそ、父の用意した次の婚約者なのだろうと。

（冗談じゃない）

ここに父がいればそう怒鳴りつけてやったが、ステイシーのそばにいるのは彼女の侍女と、母とその侍女だけだった。

「お久しぶりです。お元気そうで」

ウィルフレッドが極力素っ気なく挨拶すると、母親はさらにうろたえ、しかしステイシーは何が楽しいのか笑顔のままだ。

「ウィルフレッド様からお茶のお誘いを受けたのだと思っていたのだけれど、違ったのかしら？　私《わたくし》、せっかく喜んで、飛んで参りましたのに……」

「そ、そうよ、ウィルフレッド、早くここにお座りなさい」

母が自分の隣を示す。父の顔色を窺い息子の意思など一切考慮してくれない母親はともかく、自分の名で呼び出されてここまで来たステイシーに恥をかかせるのはさすがにしのびない。ウィルフレッドは溜息を押し殺して、ステイシーの向かいのソファに腰を下ろした。

いっそステイシーに、エディスの様子でも聞こうか。噂くらいは耳に入っているのではないだろうか。ウィルフレッドはそう思ったが、どうやらそれを察した母親が、ウィルフレッドに口を挟ませない勢いで、ステイシーに世間話を振っている。

ステイシーも、社交界のゴシップに楽しげに応じていたが、不意に、思い出したような様子で、傍《かたわ》らに控える侍女を見た。

「いけない、私、ウィルフレッド様に贈り物を持ってきたのでしたわ。うっかり、出しそびれてしまって……」

主人の言葉で、侍女が背後に置かれた箱を持ち上げた。侍女が抱えるほど大きいが、中身は軽いものだろう。箱の蓋《ふた》にはリボンがかけられている。帽子よりは大きそうだ。

「きっとお気に召していただけると思いますわ」

ステイシーはそう言って、侍女から受け取った箱の蓋を、ウィルフレッドに手渡す前に開けた。

「あら、そんな、焦《じ》れきったお顔で。ごめんなさいね、お待たせしてしまって」

箱の中に向かって笑いを噛み殺したような、少々意地の悪い表情で語りかけるステイシーに、ウィルフレッドの母が怪訝そうな顔をしている。ウィルフレッドにも、彼女が何を言っているのかわからない。

そのうえ箱から取り出されたのが、小さな少女に贈るような、ひらひらしたドレスを身に纏《まと》った熊のぬいぐるみだったもので、ますます混乱する。

「これを、俺に……?」

「ええ、とっても、かわいらしいでしょう? あなたに会いたくて、泣きそうに震えていらっしゃいますのよ」

「――」

ふと、ぬいぐるみと、目が合った。

「……ウィル……」

囁くような、微かな声。

ウィルフレッドは立ち上がり、ステイシーの差し出す手からそっと、丁重な仕種で、熊のぬいぐるみを受け取った。

「たしかに。とても気に入りました、最高のプレゼントだ」

母親はますます面喰らった顔になっているが、ステイシーは、すべてを心得たように満面の笑みを見せた。

「お返しを期待しておりますわ、いつになるのかは、ちょっとわからないでしょうけれど」

「かならず、いつになっても。心から感謝します、あなたは俺にとっても最良の友です」

真摯《しんし》に伝えたウィルフレッドに、ステイシーが扇《おうぎ》で口許《くちもと》を隠しながらも、ご令嬢とは思われない大きな声で笑った。

目を白黒させる母親を放っておいて、ウィルフレッドは熊を抱きかかえたまま応接室を飛び出した。慌ててついてくる近侍に見向きもせず、自室に戻る。

熊のぬいぐるみをカウチに座らせると、ウィルフレッドはその前に跪いた。

「エディスだね？」

「はい……」

熊――いや、エディス・ハントは、嬉しげな、恥ずかしそうな、泣き出しそうな、複雑そうな声音で返事をした。

ウィルフレッドは押し潰さないよう気をつけながらも、熊のエディスを抱き締めた。外の見張りに聞こえないように、小声で囁く。

「ああ、エディス、一体どうしたんだ。まさかまたあの悪魔たちにやられたんじゃないだろうな？」

「いいえ、ヒューゴもシャンカール先生も関わってないわ。どうしてかわからないけど、突然、この体に吸い込まれてしまったみたいなの」

顔を覗き込むと、目や鼻や口などのパーツの配置は変わっていないはずなのに、熊は困ったような表情をしているように見える。

「君の体は、大丈夫なのか？」

「ええ、カリンが見てくれているわ。なかなか元に戻れなくてとても慌てたけど、もういっそ、こうなったことを利用してあなたに会いに来ればいいんじゃないかって、思いついて」

「最高だ、エディス。マーティン家の令嬢は、君の友達なんだな？」

「私が死んだ後に、弟とアイミア以外で会いに来てくれた唯一の人よ。さっき、ウィルと自分との婚約話が持ち上がったんだけどどうなってるのって、うちに来たの。だからこの姿のまま

事情を説明して、協力してもらうことにしたのよ。ステイシーは何だかすごく面白がっているし、侯爵家の方なら、スワート子爵も来訪《らいほう》を断れないんじゃないかと思って……」

「そうか……とにかく、会えて嬉しいよ、エディス。長い間連絡もできずにすまなかった」

「ううん、どういう状況か、大体想像はついたから。ウィルは、大丈夫？　ちゃんと食事を取っている？」

ウィルフレッドが少し窶《やつ》れていることに気づいたのだろう、熊の短い手が動いて、そっとウィルフレッドの目許を撫でた。ウィルフレッドはその手を押さえ、自分からも熊の肉球に顔を寄せる。

「君と逃げなけりゃならないんだから、体力をつけておかないとと思ったんだけど、なかなか喉《のど》を通らなくて。でも大丈夫、いつだって動ける」

ウィルフレッドは熊の顔を覗き込み、微笑んだ。

「俺がもたもたしていたから、君の方から攫いに来てくれたんだろう？」

エディスも微笑むのがわかった。視線が合い、ウィルフレッドはその鼻面《はなづら》にキスをしようとしたが、それより先にまたドアが叩かれた。

「何だ！」

「し、失礼いたします、奥様が、マーティン侯爵家のご令嬢を送っていくようにと……ご令嬢のたってのご希望でもあるそうで……」

近侍の言葉を聞いて、エディスが慌てたようにウィルフレッドの腕を叩いた。

「そうだわ、必要なものをすぐにまとめて、ステイシーと一緒に馬車に乗ってくださる？　そうすれば、カリンと『私』がいるはずだから」

「――わかった」

聞きたいことはたくさんあったが、ウィルフレッドはとにかく立ち上がった。こんなチャンスがあればと、用意ならすでにすませてある。ウィルフレッドは本棚の本をいくつか抜き出した。大判の本の中をくり抜いて、今まで書いた戯曲や詩、それらに関するメモに愛用のペンとインク、エディスからもらった手紙やハンカチやカフス、それに現金と、金に換えられそうな装飾品が詰まっている。鞄を持っていれば怪しまれるだろうから、苦肉《くにく》の策だ。服もできるだけ着込んで、普段はつけないもらいもののベルトや指輪、タイピン、仕上げに帽子の中にも金目のものを詰め込んで被《かぶ》る。

そして当然ながら、熊のぬいぐるみを大事に抱えた。

部屋を出ると、近侍が戸惑ったようにぬいぐるみを見ている。

「お荷物をお持ちいたしますが……」

「いい、これは侯爵令嬢にいただいたプレゼントだ。本は、道すがら朗読《ろうどく》してさしあげるためのものだから、自分で持つ」

玄関に向かうと、母親が笑みを零《こぼ》して息子を見た。

「まあ、めずらしくそんなに、めかしこんで」

「大切な方をお連れするので」

ウィルフレッドがすまして言うと、母が満足げに頷いている。その向こうでは、ステイシーが噴き出すのを堪《こら》える様子だった。

「少し寄り道をしてもよろしくて？　行き先は私の好きな場所に決めさせてくださいな。でもあなたもやっぱりお気に召すと思いますわ、ウィルフレッド様」

そう言って、ステイシーが馬車に向かう。ウィルフレッドも続いて、先にマーティン家の馬車に乗り込み、ステイシーの手を引いて中に引き上げる。座席に収まったステイシーの合図で、馬車はすぐに走り出した。

ウィルフレッドはぬいぐるみを膝に載せ、向かいに座るステイシーに改めて頭を下げる。

「本当に、ありがとう、ステイシー」

「ふふ、あなた初めて、まともに私の名前を呼んでくださいましたわね。さすが、エディス・ハントのこととなると、人が変わりますこと」

意地の悪い声音と言い回しは、どうやらステイシーの癖らしい。ウィルフレッドは困って膝の上の熊を見下ろした。熊エディスは小さく笑ってから、ステイシーに目を向ける。

「あなたには感謝してもしきれないわ、ステイシー。落ち着く先が決まったら、必ずお礼の手紙を出すから」

「馬鹿ねえ、そんなことをしたら、居場所が知られてしまうかもしれないでしょう。向こう十年は連絡なんてなさらなくてよくってよ」

呆れたようにステイシーが言う。

「ま、気長に待ちますわ。それより道中お気をつけなさいな、行き先もろくに決めてないんでしょう?」

「ひとまず以前決めた通り、馬車と汽車を乗り継いで、父の目と人の噂の届かないところに行く」

「ふふっ、物語みたいですわね！　自分では絶対にやりたくないけど、憧《あこが》れますわ。せいぜい頑張ってくださいませ」

彼女流の励《はげ》ましなのだろう、ウィルフレッドはステイシーにもう一度頭を下げた。

「でも……私の体、またちゃんと元に戻るのかしら。今は旅行鞄に詰め込まれて、カリンと一緒に辻馬車《つじばしゃ》の馭者《ぎょしゃ》が運んでくれているのよ」

エディスが不安そうに呟いている。

「彼女が一人で家を出たなら、父の見張りが追うこともないだろうな。エディスは家に一人でいると思われるだろうし……だから当分は、君はこの恰好の方が都合がいいだろうけど、たしかにまた元に戻れるかは、というかその方法がわからない……」

なぜ今、エディスの魂がまた自分の体を離れ、今度はあの死霊魔術師が精魂込めて作ったエディスの祖母の人形ではなく、熊のぬいぐるみになど入っているのか、ウィルフレッドにはわからない。エディスもわからないと言っていた。

だとしたら、戻り方だって、ウィルフレッドたちには見当もつかない。

(以前は、シャンカールの薬によって奪われていた俺を想う心が戻ったからだと言っていたが……)

馬車に揺られながら考え込んでいると、大きな溜息が聞こえた。顔を上げれば、呆れたようなステイシーの顔。

「あなた方、てんで駄目ですわね。まったくロマンティックさの欠片《かけら》もない。古来、姫君にかけられた悪い魔法を解く方法なんて、決まってるじゃありませんの」

首を振りながら、大仰《おおぎょう》にまた溜息をつき、ステイシーが言う。ウィルフレッドはエディスと目を合わせた。エディスは心なし恥ずかしそうな表情で、短い両手で顔を隠そうとしている。短すぎて届いていなかったが。

「ああ、ここで試すのはご遠慮いただけます? 今すぐ鞄に詰め込まれていらっしゃるっていうエディスが、元に戻っても困るでしょう?」

「そ、そうだな」

「そ、そうね」

つい試しそうになっていたウィルフレッドとエディスは、同時に我に返った。

「エディスの侍女と合流して……汽車に乗って、個室《コンパートメント》が取れたら」

「ええ、試してみましょう……」

「んふふ、やってられませんわ、馬車の中が暑くって」

みつめあうウィルフレッドとエディスの耳には、ばさばさと騒がしく煽《あお》がれるステイシーの扇の音など届かない。

ただ、今は、この先のことを思って胸が逸《はや》るばかりだ。

「早く君に会いたいよ、エディス」

「私も。早く作り物の目じゃなくて、私の瞳であなたをみつめたいわ、ウィル」

「ちょっと、もう少し馬を急がせてくださいな！　本当にやってられませんわよ！」

速度を上げた馬車に揺られながら、ウィルフレッドはこの世で何よりも大切なものに触れる仕種で、熊のぬいぐるみを腕に抱いた――。

あとがき

渡海奈穂

割と長いこと「書きたいなあ」と思ったままタイミングを逸《いっ》していたお話だったので、雑誌で書かせていただいて、こうして文庫にもまとめていただけて、大変幸福な心持ちです。ありがとうございます。

舞台はなんとなくヴィクトリアン意識ですが、完全にそこをモデルにしてるわけではないので、「なんちゃってヴィクトリアン」あたりでご理解いただけますとさいわいです。なので宗教などもぼかしてあります。

長いこと書きたいなあと思っていた割に、文字としてメモしてあったのは「公爵令嬢は雨の日に死んだ」というタイトルだけでした。

細かい設定などはひとつも書き留めておらず、でもだいたい出来上がった形で頭にはあったので、一人頭の中で上映会をしてねちねち楽しんでいました。

そういう具合に脳内上映を繰り返しているお話は、それだけで満足してしまってなかなか小説として形になる機会を逃《のが》しがちなので、こうしてちゃんと本になるのが本当に嬉しいわけです。

タイトルは今出すならもうこうするしかないであろう、というものに変えました。中身は何ら変わっていませんが、小説として書き出すまではエディスは公爵令嬢だったし、ウィルフレッドとヒューゴとシャンカールとアイミアは存在しなかった気がする。しかし中身は何ら変わっていないのです。ナヴィンはもうちょっとだけわかりやすいシスコンでエディスと血が繋がっていなかった。

お話を考える時と書いている時の自分の脳の働きがさっぱり理解できないので、うまく説明はできないんですが、思ったとおりの話を思ったように書けてよかったです。楽しかった！

そしてイラストですよ。今回ボリュームの都合で前後篇の雑誌掲載だったため、夏乃《かの》あゆみ先生のイラストが二回も見られて本当に幸せでした…扉が二種類見られるうえに一度はカラー、そして今回文庫の表紙や描き下ろしイラストまであって眼福《がんぷく》としか言いようがない。もうエディスがかわいくてかわいくて、顔貌《かおかたち》もですがドレスもとにかく素敵で、しかもラフをですね、何種類も、細かく出してくださって、「こ、この中から選べというのか…」と震えるばかりでした。すべて最高ですが、一番お気に入りは紅茶を買いに街に出た時にボンネットつけてたエディスのドレスです。

ウィルフレッドもヒューゴも、シャンカールまで恰好《かっこう》よくて、私はこう、純粋なイケメンを書くのがとても苦手なので、でも今回ウィルフレッドは出来得る限り残念感を排除した人にしたかったので、夏乃先生の描かれたウィルフレッドの恰好よさを頭に叩き込みつつがんばりました。

　アイミアもかわいく描いていただいてありがとうございます。かわいいと恰好いい以外の語《ご》彙《い》を失う……。

　雑誌掲載の折、ご感想をくださった方、ありがとうございます。おかげで、もう少しエディスとウィルフレッドのお話が書けるかもしれません。よろしければ、雑誌の小説ウィングスをチェックしてくださいね。

　ではでは、何かしら楽しんでいただけるシーンなり台詞《セリフ》なりありましたら光栄です。

　またお会いできますように！

渡海　奈穂

W I N G S ・ N O V E L

【初出一覧】
伯爵令嬢ですがゾンビになったので婚約破棄されました：小説Wings '19年秋号（No.105）～'20年冬号（No.106）掲載
鞄に愛だけ詰め込んで：書き下ろし

この本を読んでのご意見、ご感想などをお寄せください。
渡海奈穂先生・夏乃あゆみ先生へのはげましのおたよりもお待ちしております。
〒113-0024　東京都文京区西片2-19-18　新書館
[ご意見・ご感想] 小説Wings編集部「伯爵令嬢ですがゾンビになったので婚約破棄されました」係
[はげましのおたより] 小説Wings編集部気付○○先生

伯爵令嬢ですがゾンビになったので婚約破棄されました

著者：**渡海奈穂** ©Naho WATARUMI
初版発行：2021年4月25日発行

発行所：株式会社 新書館
[編集] 〒113-0024　東京都文京区西片2-19-18　電話 03-3811-2631
[営業] 〒174-0043　東京都板橋区坂下1-22-14　電話 03-5970-3840
[URL] https://www.shinshokan.co.jp/

印刷・製本：加藤文明社

ISBN978-4-403-54229-9 Printed in Japan

S H I N S H O K A N

本好き女子のための、ドラマティック・ライトノベル!!
小説
WINGS
ウィングス
2、5、8、11月の10日発売
A5判／定価825円（税込）
イラスト：麻々原絵里依
津守時生
嬉野 君
菅野 彰
篠原美季
和泉統子
糸森 環
縞田理理
河上 朔
真瀬もと
渡海奈穂
春奈 恵
ほか